COLLECTION FOLIO

Florence Delay

Riche et légère

Gallimard

Florence Delay a porté au théâtre, en collaboration avec Jacques Roubaud, les légendes arthuriennes de la Table ronde sous le titre de *Graal théâtre* et traduit, entre autres pièces, *La Célestine* de Fernando de Rojas. Au cinéma, elle a été la Jeanne d'Arc de Robert Bresson. Agrégée d'espagnol, elle enseigne la littérature comparée à la Sorbonne-Nouvelle.

Elle a publié de courts essais et cinq romans. *Riche et légère*, en 1983, a reçu le prix Femina.

Je n'ai vraiment connu Indio qu'après notre séparation. De cela j'éprouve une sorte de reconnaissance sans savoir à qui l'adresser. Je n'aime pas connaître. Connaître m'empêche d'aimer. Mais je n'aime pas non plus aimer.

— Il suffit de dire qu'on fait quelque chose par amour, expliquait le docteur, et tout le monde trouve ça très bien. L'amour a une cote inimaginable. C'est comme la confession, il absout. Si on fait la même chose pour de l'argent ou par ambition, alors on est un objet d'opprobre. Pourquoi ne pourrait-on pas officiellement faire sa vie pour l'argent, je vous le demande ? L'argent est une passion comme une autre.

Lui-même n'avait rien. Indio l'entretenait à sa façon. Il lui commandait un costume en lin blanc, le même que le sien, chez son tailleur, et à la fin de l'été le docteur paraissait encore plus hautain, décousu et froissé. Il l'entraînait en croisière, sur le bateau d'Iñigo Jones. Tous trois ils allaient aussi, le 9 septembre, assister à la corrida d'Ordoñez, dans les arènes de Ronda. Ou passer la journée à Londres pour une vente aux enchères. Le docteur ne conseillait pas, car il se refusait à distinguer, en art, le vrai du faux.

— Là encore, disait-il, on est victime d'idées reçues. D'un côté il y aurait l'authentique, de l'autre le faux. Et le trompe-l'œil, où le met-on ? D'un côté le maître, de l'autre le disciple. Le bien, le mal. Et la justice, Lucie, par où passe-t-elle ? Ecoute, niña lucide (il s'amusait avec mon prénom), tu peux te fier aux apparences, elles correspondent à l'image qu'on veut donner de soi, qui est autrement importante que ce qu'on est. La femme fardée est bien plus vraie que la femme naturelle, car elle porte sur son visage sa conception de la beauté, tandis que l'autre fait semblant de laisser faire la nature pour cacher au fond d'horribles secrets.

— Raconte-lui, demandait Indio, l'histoire des deux jeunes gens, tu sais, de cet auteur du Siècle d'Or...

— Voyons, tu as encore oublié son nom !

Car c'est la mémoire qu'il accusait. Il s'en prenait à moi :

— Tu aurais pu en remontrer à ton professeur de philosophie, niña française, avec notre Calderón, quand elle vous expliquait votre Descartes, et lui dire : Madame...

— Mais comment sais-tu que son professeur de philosophie était une femme ?

— Ami, tout l'enseignement est déjà, ou sera sous peu, entre les mains des femmes qui le prennent au sérieux comme elles prennent toute chose. Même la coquetterie ne sera plus que le fait des hommes. En quoi tu es un précurseur.

— Je ne suis pas coquet, protestait Indio, je suis un homme de goût.

Le docteur se prétendait choqué.

— C'est l'expression la plus surannée qu'il m'ait été donné d'entendre. Je la croyais enterrée parmi les exemples du dictionnaire, eh non! elle est bien vivante, elle s'incarne! N'oublie jamais, ajoutait-il en se tournant vers moi, quand tu seras bien fameuse et bien vieille et qu'on te demandera qui était ton père, il ne faudra rien répondre d'autre que : un homme de goût.

Indio entrait ainsi dans la catégorie des hommes qui ne pratiquent ni arts ni métiers, celle que le docteur préférait, en secret, à toutes : celle des hommes qui ne laissent aucune trace sur le monde.

Sa préférence avait dû me marquer. Je m'occupais de la célébrité des autres, fortune ou gloire. Je faisais un curieux métier (certains l'appellent « agent »). Seulement mon métier ne m'intéressait plus. Je me persuadais même que Léonard ne m'avait quittée, au bout d'un an de mariage, qu'à cause de lui. Comme si on ne quittait pas quelqu'un à cause de sa nature... ou de son caractère, corrigerait Dorotea. Le docteur avait-il raison quand il disait, ou qu'il citait, pour lui c'était la même chose : La femme doit rester dans sa maison comme les astres? Moi, sans courir le monde, je n'étais pas non plus restée dans ma maison. Et maintenant je m'enfuyais. Quand je partis cet été-là, suivant pour la première fois un conseil de Dorotea, cet été d'anniversaire qui me changeait de dizaine, où ce que j'avais de plus cher, ma force, mon indifférence au temps, à l'amour, m'avait abandonnée, j'ignorais tout de mon retour. Je fis comme si je ne voulais rien retrouver.

I

MALAGA PALACIO

La Policía : *¿ Qué viene Vd a hacer a España ?*
Bergamín : *Todo menos torear.*

Quand j'arrivai, à la tombée du jour, au Malaga Palacio, je fus sur le point de repartir. Cela faisait longtemps que je ne voyageais plus seule. Le bâtiment avait un aspect brut et entier qu'on ne peut affronter qu'à deux. De plus j'étais sans bagages, Iberia les ayant comme d'habitude oubliés, ou perdus, à Madrid. Il n'y avait personne pour accueillir, ni portier, ni concierge. Pourtant l'hôtel était grand ouvert, tout illuminé. Il flottait dans le hall la même odeur croisée d'eau de Cologne et de jasmin qui flottait dans le hall du Miramar avant sa fermeture. Indio et le docteur l'avaient prédit : le Palacio ne serait que le fantôme américain du Miramar. Ils y descendaient malgré tout, les dernières années, sous prétexte que le portier était le même. Enfin la réception apparut. Il n'y avait pas de chambre réservée à mon nom. J'en proposai un autre, alors le monsieur sans galon acquiesça. Dorotea avait simplement indiqué mon nom de femme mariée que je ne porte plus. J'éprouvai le besoin d'expliquer que je m'étais effectivement appelée ainsi, mais ça n'intéressait plus la réception, qui me désigna le concierge inquiet de mes bagages. Je tendis la déclaration de perte remise à l'aéroport, il murmura que si ça continuait ainsi l'Espagne deviendrait pire que l'Italie. Le concierge attribuait les détournements de valises à un racket dirigé par l'E.T.A. pour décourager les touristes. C'est alors que le portier apparut, le vieux portier de ma jeunesse. Il n'a pas hésité, il s'est vivement approché de moi. Je n'en crois pas mes yeux, m'a-t-il dit, Dieu vous bénisse, vous n'avez pas changé. Je lui ai retourné affectueusement le compliment. Il bougeait lentement la tête, ruminant bien autre chose.

— Vous allez voir qui vous attend, s'écria-t-il. Suivez-moi.

Ma gorge s'est serrée. J'ai imaginé l'impossible.

Il me guida sur les dalles de marbre le long des ascenseurs puis à gauche vers le bar. Et là se trouvait, assis dans un fauteuil qui l'encadrait comme une châsse tant il y prenait peu de place, olives vertes et petit verre de jerez posé devant lui, le docteur ! J'en eus le souffle coupé.

Il se leva avec ce sourire qu'il arborait jadis en deux circonstances, l'arrivée et le départ. Un sourire aux lèvres fermées, formant une ligne aussi invisible que le fil du temps, servant aussi de rempart contre lui. Car le docteur craignait le définitif. Qu'on reste à jamais, qu'on parte pour toujours. Dans le premier cas qu'on l'ennuie, dans l'autre qu'on lui manque. Mais ce soir, devant moi dont il tenait la main entre ses deux longues mains froides, ce sourire tremblait légèrement et il s'empressa de l'escamoter. Il plaça devant lui la jeune fille qui lui tenait compagnie et s'était levée aussi à mon arrivée, comme si j'étais désormais une dame. Il se cacha presque entièrement derrière elle et fit pointer deux doigts en cornes du diable. Tout redevint comme autrefois.

— Voilà, dit-il en me désignant à cette jeune fille, une archangélique créature capable de toutes les audaces et de toutes les sciences car elle ne croit à rien sinon à Dieu. Ou au Diable. Elle est pure apparence et tu apprendras d'elle autant que de moi.

— Voilà, dit-il en me la désignant, une jeune fille qui se nomme Constance. Elle vient de Londres poursuivre ses études. Et sur qui, sur qui veut-elle poursuivre des études ?

— Sur toi ?

Il cacha son nez entre ses mains jointes, sa voix parvenait fluette et caverneuse.

— Crois-tu qu'elle peut, avec un nom pareil, poursuivre un fantôme ? J'essaye de l'en détourner mais elle s'obstine, elle est têtue. Alors je tente au moins d'obtenir qu'elle invente tout, surtout ma date de naissance. Si elle n'a pas assez d'imagination, je l'autorise à te poser des questions. Tu répondras ce que tu veux, à condition d'inventer.

Constance paraissait telle que ses parents l'avaient désignée, constamment jolie et constellée de taches de rousseur, à l'intérieur de sa chevelure les yeux bleu marine, brillants.

— Comment avez-vous entendu parler de lui ? demandai-je.

Nous étions quelques-uns à avoir tort en imaginant que le docteur, ou son œuvre, était un secret.

— Par Indio.

Indio ne m'avait jamais parlé d'elle. Mais la jalousie n'est pas mon fort.

— Que vous disait-il ?

— Que c'est un génie.

Le « génie » éclata de rire.

— Allons, allons, mes petites amies, ce n'est pas vous qui me contredirez, le génie, qui l'avait sinon Indio ?

Il me fixa en prononçant ces paroles, par pure provocation, pour voir si je saurais me tenir. Car enfin il faisait exactement comme s'il n'y avait pas d'absent et qu'on s'était quittés la veille. Il ne voulait pas que notre rencontre tînt du miracle et surtout pas d'émotion. Que croyait-il, que j'allais sortir mon mouchoir ? J'allumai gaiement une cigarette.

— Alors, tu te fais pousser les cheveux comme moi ? Mon stupide neveu, tu sais, celui de la revue d'art, prétend que je vais ressembler à un hippy au moment où ils sont en train de disparaître. Mais c'est ma fonction de ressembler à ce qui disparaît.

Il secoua la tête. Ses cheveux gris, raides sur le crâne, frisottaient dans le cou. C'était affreux.

— Tu as très mauvais genre, lui dis-je.

J'entendis alors une phrase entière dans la bouche de la jeune fille. En parfait espagnol d'Oxford.

— Je suggère qu'il se fasse couper les cheveux mais il se retranche derrière l'histoire de Samson.

— Parlez-lui d'Absalon.

— Si c'est une allusion à mes péchés, dit-il, tu peux refaire tes bagages.

— Difficile, ils sont perdus.

— J'espère que tu n'avais rien dedans.

— Evidemment. Pourquoi prendrait-on des valises sinon pour transporter du vide ? Il paraît que ce sont tes amis de l'E.T.A. qui les collectionnent.

— Je constate avec plaisir que tu es toujours aussi réactionnaire. Ou mal informée. Garçon ! Servez donc un jerez sec à mademoiselle qui est française et un autre jerez doux à mademoiselle qui est anglaise. Il n'aime pas les Américaines, nous confia-t-il à mi-voix, et je tiens à ma réputation de représentant de l'ancien monde.

Il avait surtout la réputation d'être accompagné de jolies femmes. De plus en plus jeunes à mesure qu'il vieillissait. Constance l'illustrait. Quel âge avait-elle donc ? Dix-huit, vingt ans ? Cette réputation datait du jour où il avait connu Indio et, de fait, cessé de vieillir. On les voyait souvent à trois. Lorsque Indio retombait amoureux, on voyait le docteur entourer de ses soins l'ancienne élue, qu'il soignait par le paradoxe et la philosophie, tandis qu'il faisait de nouveau le chandelier avec la nouvelle et devenait son confident. Oui, c'était comme ça.

Il me semble. On m'a fait la leçon. Il est urgent pour moi d'analyser les autres, de pallier mon horrible défaut de perspicacité. Mais quand je ne comprenais pas j'étais heureuse. Et personne autour de nous ne comprenait pourquoi on me revoyait sans cesse auprès d'Indio, avec ou sans docteur, pourquoi avec moi le cycle recommençait.

— On va passer aux questions essentielles, dit-il. D'où viens-tu, où vas-tu et qui...

— Ah non ! m'écriai-je, pas toi ! Depuis quelque temps...

Personne ne résistait à son air brusquement intéressé. Je dus terminer ma phrase :

— ... on ne cesse de me les poser.

Il ne demanda pas qui mais pourquoi. J'ouvris les mains comme si je l'ignorais et je pris machinalement la clé de ma chambre. Je ne dirais rien devant la jeune fille. Comme la curiosité du docteur passait avant sa politesse, il fit signe au garçon d'apporter l'addition. Je reconnus au vol ma façon de la demander, copiée de la sienne : la main se lève et signe sur le vide.

— Monte si tu veux, dit-il, et redescends. Je t'attends.

Constance se leva en même temps que moi et prit le congé qui lui était signifié. Elle avait rougi. Le docteur avait de ces grossièretés qu'on met longtemps à admettre. C'est pourquoi devant les ascenseurs, en prenant la main qu'elle me tendait gauchement, à la française, je l'ai gardée un instant et j'ai ajouté : A bientôt. Je ne croyais pas si bien dire. Elle s'éloigna rapidement mais elle se retourna.

Dehors on prenait instinctivement le bras du docteur. A l'extérieur il paraissait si fragile, un rien aurait pu le renverser. Fausse impression. Il sortait indemne des plus violentes poussées de la foule, même une fois dispersée sa garde de jeunes gens. Mais l'impression demeurait. Il ne regardait pas quand il traversait. Quand il sortait seul, les nuits d'été, ses chaussures de toile et son chapeau de paille blanc servaient de feux de signalisation. Les nuits d'hiver c'était l'écharpe blanche offerte par Indio qui balayait son vieux manteau comme un rayon laser. Il faisait encore très chaud. Ni lui ni moi n'avions faim. On se promena à travers les palmiers en se racontant de petites choses, toujours comme si nous ne nous étions pas quittés depuis des années. Il s'était arrêté devant la fontaine de Neptune.

— Ce qu'il y a de bien avec Malaga, dit-il, c'est qu'elle est une ville ordinaire, tout à fait inintéressante. Il n'y a rien à visiter. Les guides en sont réduits à signaler la vue qu'on a de Gibralfaro. Personne n'y est né, personne n'y vit, à l'exception de gens plutôt gais qui achètent des chaussures et boivent les vins de Malaga. C'est pourquoi j'aime Malaga.

— Et Picasso ?

— Ils ont mis cent ans à se souvenir qu'il était né ici. On va donc fêter en octobre le centenaire de sa naissance. Connais-tu la salle des Beaux-Arts qui porte son nom ? Il n'y a toujours presque rien dedans. Juste deux tableaux qu'il a peints quand il était malagueño. Des vieillards. Des vieillards peints à quatorze ans.

— J'étais persuadée que tu étais né ici.

Il prit un air mystérieux et mit un doigt devant mes lèvres.

— Chut ! L'Anglaise est peut-être en train d'espionner. Ce n'est pas à toi de répondre aux questions essentielles, tu sais, d'où on vient et où on va...

Cette fois il me fit rire. Je me sentais bien. On alla s'asseoir à la terrasse d'un café, paseo de la Alameda. Il arrêta un vendeur de jasmins et m'en offrit un. Je respirai en fermant les yeux.

— Non, non, je n'ai pas su ton arrivée par Dorotea, non. Je n'aime plus Dorotea.

Son « je n'aime plus » tombait comme un couperet, sans explication. J'avais subi l'époque où il ne m'aimait plus. Il se trouvait toujours quelqu'un pour vous le rapporter. Et quand il donnait des raisons, on pouvait s'en méfier.

— Elle mène une vie trop officielle. On ne peut plus la voir tranquillement, comme autrefois. Elle vient avec des machines. Un jour un micro, un jour un magnétophone, un jour un appareil de photo. Je lui avais offert un châle ancien auquel je tiens beaucoup. C'est la femme de Villalón qui me l'a prêté un soir, le dernier soir où je l'ai vue. Il faisait très froid. Après elle est morte. Je n'ai pu le lui rendre, alors je l'ai donné à Dorotea. Maintenant il sert à entourer le Nikon. Elle ne sait plus écouter, regarder, sans les machines. Elle écrit même directement à la machine. Elle publie ses articles n'importe où, dans n'importe quel journal. Elle apparaît à la télévision. Pour nos adieux, elle n'a évidemment pas compris qu'il s'agissait d'un adieu, je lui ai offert un crayon et une gomme. Comme elle ne sait plus écrire une lettre, elle continue à téléphoner. Je fais semblant d'être sourd, ou malade. Je raccroche. Non ce n'est pas par elle que j'ai su ton arrivée.

Je n'ai pas osé le contredire. Moi non plus je ne sais plus écrire une lettre.

— Alors ?

— Alors c'est pur hasard, c'est-à-dire une suite diabolique d'enchaînements.

— Je t'en prie !

— Iñigo Jones.

— Iñigo Jones ? Il est encore ici ?

— Pourquoi non ? Plus que jamais. Rien ne l'a délogé. Ni le généralissime galicien, ni Borbón y Borbón, ni les Américains, ni les Allemands, ni les Arabes. Il est magnifique. Il a décidé de léguer son domaine de Los Heraldos à la province et d'en faire une fondation. Un peu comme la fondation Maeght, à Saint-Paul-de-Vence. Je me trouvais donc à Séville, en train de bavarder avec mon neveu, lorsque je vois arriver le chauffeur.

— Andrew ?

— Andrew, parfaitement. Mais avec le temps il préfère qu'on l'appelle Andrés. Porteur d'une lettre qui me priait instamment de monter dans la voiture toutes affaires cessantes — Iñigo *croit* en mes affaires —, et de venir passer quelques jours à Estepona. Il voulait, soi-disant, me montrer ses dernières acquisitions. Il ajoutait en post-scriptum qu'il y avait une surprise. Et dans un second post-scriptum qu'il y en avait une autre. Alors je suis parti. La première surprise était sa nièce. On peut supposer que la sœur d'Iñigo, inquiète de ses projets post-mortem, envoie

Constance en otage pour détourner sur elle une part de l'héritage. Le problème est qu'il existe un autre héritier possible.

— Constance est au courant ?

— Tu sais, elle est rousse. Difficile de distinguer sa part d'innocence et sa part de duplicité.

— Et moi ?

— Toi tu es dans le second post-scriptum. Iñigo a les meilleures places aux corridas par Andrés qui les achète au portier du Malaga Palacio, qui les reçoit de l'ancien directeur du Miramar, vieil ami de l'actuel directeur de la Malagueta. Or l'ancien directeur, dont Indio était le client préféré, reçoit, il y a environ une dizaine de jours, un télex signé Lucie Martinez pour retenir un abonnement à la feria, qui sera cette année exceptionnelle puisque tous les vieux reviennent. Lui qui n'avait plus entendu parler de toi depuis des années transmet immédiatement la nouvelle au portier, qui envoie la voiture à Séville pour me l'annoncer de vive voix à Los Heraldos et me conseiller d'aller t'attendre au Palacio où, pour compliquer les choses, tu avais cette fois retenu une chambre sous le nom, impossible à retenir, de cet homme charmant que tu m'avais présenté avant de disparaître. Où est-il ?

Un peu ahurie, j'essayai de mettre de l'ordre. D'abord, je ne me suis jamais fait appeler Lucie Martinez, ensuite cet homme charmant et moi nous nous étions quand même mariés puis séparés, et tout cela Dorotea avait dû le lui raconter, le commenter, avant leur « rupture » à eux ! Il joua franc-jeu.

— J'étais au courant du mariage. Tu avais si vivement proclamé ton intention de ne jamais te marier que je n'ai pas été étonné outre mesure. Par contre j'ai pensé que ce serait une catastrophe. Pour lui évidemment.

J'avais envie de passer outre. Nous parlons forcément du passé, jamais assez du présent. Je voulais comprendre tout de suite l'enchaînement extraordinaire qui avait permis que nous nous retrouvions ce soir.

— Non seulement ce n'est pas moi qui ai retenu au Malaga Palacio mais je n'ai jamais envoyé de télex au directeur du Miramar, je ne sais même plus comment il s'appelle.

— Par exemple! Et qui est au courant de ce voyage?

— Personne. Je veux dire qu'en dehors de Dorotea...

Un temps passa. Le docteur paraissait décontenancé. Il se laissait envahir par la mélancolie. Mélancolie de dictateur contraint à rappeler d'exil une jeune ennemie.

— C'est elle qui aurait fait cela? Oui, en effet, je ne vois pas d'autre explication. Tu es sûre que personne d'autre?

— Personne.

— Dans ce cas je me suis trompé, elle n'est pas perdue, elle a encore de l'esprit.

J'étais en train de penser la même chose. Mais j'avais sommeil. J'étais en convalescence, je ne supportais plus les bonheurs tardifs.

— Allons nous coucher, conclut-il. Pour parler d'hier nous avons l'éternité devant nous.

Nous rentrâmes à petits pas. Sous la nappe des

lumières électriques les gens se promenaient encore, tenant par la main des poupées endormies, leurs petites filles costumées en Andalouses, qui revenaient de la feria. Le portier nous aperçut et se précipita pour arrêter les voitures.

— Alors, chuchota-t-il au docteur, on l'a retrouvée ? Tout est bien qui finit bien.

— Tout commence, vous voulez dire, ami. Les maisons à deux portes sont difficiles à garder. Vous en savez quelque chose. Or toutes les femmes sont à deux portes.

L'admiration du portier faisait plaisir à voir. Il appelait tous les ascenseurs à la fois.

— Demain, dit le docteur, il faudra téléphoner à Iñigo. Il ne viendra pas, ce sont des taureaux de Pablo Romero. Après-demain peut-être, pour Paula. On repartira avec lui.

— Où ?

— Mais chez lui. A Los Heraldos. Il t'attend. Nous t'attendions tous.

J'ouvris la fenêtre de ma chambre pour laisser entrer la chaleur et je trouvai, au ciel, la compagnie de celle qui m'avait tant servi de modèle, piquée sur la nuit noire comme un clips, aussi tranquille, aussi brillante en son quartier que lorsqu'elle est ronde. C'est ainsi que je la préfère, aiguë, adolescente, enfermant dans ses pointes le vœu, chaque fois exaucé, de la plénitude. Cela faisait longtemps que je ne l'avais plus regardée pour me comparer à elle. Elle était demain. Elle m'ôtait toute envie de dormir. Et si c'était moi qu'on n'apercevait plus ? Si j'avais déchu en montrant quelque douleur, quelque faille, s'il était temps de réapparaître, s'il était temps, effectivement, de savoir qui j'étais, non pour changer mais pour le redevenir ? Oh oui ! Alors je voulais bien en passer par l'élucidation. Pour devenir ce que j'étais, celle du commencement, retrouvée miraculeusement de l'extérieur. Comment avais-je pu envisager de devenir sage ! Comme avais-je pu accepter que vivre soit une habitude, interrompue une seule fois par la mort ? Oh la disparition, la réapparition, quels bienfaits ! Oui, c'était bien cela que je poursuivais : reproduire dans la seconde moitié de ma vie ce que j'avais été dans la première. Recommencer infiniment d'être la même, joyeuse et catastrophée presque sans intervalle, la même. Pas chaste, pas mesurée, pas sage. Cela m'apparaissait à nouveau possible. Grâce à la lune, ou au docteur, ou à Iñigo Jones. Etait-ce son vrai nom ou le docteur qui l'avait rebaptisé ainsi ? Je fus sur le point d'appeler Dorotea à Madrid pour la remercier. Et puis j'y renonçai. Je ne voulais rien partager ce soir, ne pas calmer mon impatience en la décrivant. Non ce n'étaient pas les souvenirs qui m'assaillaient mais la certitude d'une reconquête.

D'une des deux cents chambres, des deux cents salles de bains, vint le crépitement d'un volet roulant. « Plutôt mourir que changer », telle était aussi la devise d'Indio, le seul qui ait disparu de ma vie de façon douce et discrète. Son absence à lui je la ressentais à peine et je lui en étais soudain éperdument reconnaissante. C'est vrai qu'il existait le plus souvent loin de moi. Il était normal qu'il s'absentât, peut-être un peu plus longtemps que d'habitude. Lui, rien que lui, me manquait ce soir. Le bruit de sa douche, son odeur de citronnelle quand il revenait au salon enroulé dans une serviette-éponge. Sa gaieté en ouvrant le petit frigidaire — quand nous étions ensemble il prenait une suite — d'en sortir une bouteille de champagne. Je composai le numéro du bar, on m'assura que dans le frigidaire qui se trouvait dans ma chambre, je trouverais du champagne. En effet. Une demi-bouteille de champagne catalan. Je bus le champagne, je respirai mon jasmin. Devant la nuit et mon jasmin j'ai pensé à haute voix : je t'aime, plus sérieusement que je ne l'avais jamais dit.

— Qui ça, « on » ? demanda le docteur.

— Mes amies de toujours. Tiens, la philosophe comme tu l'appelles.

— La philosophe est méchante et jalouse de toi.

— Tu ne la connais pas.

— Les philosophes méprisent les non-philosophes mais il leur arrive d'envier leur frivolité.

Et il redemanda deux cafés.

— Tu sais que tu fais preuve d'une certaine constance avec les femmes ?

— Avec les hommes aussi. Je ne fais pas de différence. Ce n'est pas moi qui abandonne.

— Taratata. La philosophe te reproche au fond ton ignorance de la philosophie. Son héros est la conscience et elle juge que tu n'en as pas.

— Oui. Il serait temps pour elle que je sache ce que je pense.

— Que tu le saches ou que tu le penses ? Quant à Dorotea dont le dogme est le caractère, elle doit certainement te reprocher de ne pas le laisser faire.

— Question qui suis-je.

— Elle pose la question car elle cherche la réponse elle-même. La fois du crayon, à Madrid, elle faisait confiance aux sciences externes. Elle prônait la graphologie et la physiognomonie. Etrange pour quelqu'un qui écrit à la machine ! J'ai cru que cela venait de toi. Mais elle était en train de lire Théophraste que tu n'as jamais voulu lire.

— Voilà que brusquement les avis concordent : je serais au pied du mur, acculée au sinistre connais-toi toi-même que j'ai toujours fui comme la peste. Et tout cela parce que j'ai eu la faiblesse de...

— Quelle faiblesse ?

— ... de me montrer, enfin,... d'être malheureuse.

A peine eus-je lâché ce mot que j'aurais bien voulu le rattraper. Il ennuyait le docteur, surtout dans la bouche d'une femme, il lui donnait mal à la tête. Pour lui le malheur c'était la guerre civile, la guerre tout court, l'exil, la torture, l'inconsolable pauvreté. Quand ses mains se rejoignaient ainsi autour de son nez il ne restait presque plus rien de son visage. Avec un doigt de chaque main il commença à suivre ses sourcils, d'un geste appuyé, faisant le demi-tour de ses yeux pour chasser son début de migraine.

Nous étions assis au bord du ciel, tout en haut, sur la terrasse de l'hôtel qui domine la ville et le port. Un petit vent vigoureux ébouriffait le toit de paille qui abritait les tables et lui faisait rendre un à un tous ses épis de blé. Deux mètres plus loin, sur la mousse synthétique qui figurait un gazon, autour de la flaque bleue appelée piscine, régnait déjà la canicule. Les Espagnols se tenaient à l'ombre, les étrangers au soleil. Le docteur soupira.

— Ils ne comprennent pas que le plaisir, dans un pays de soleil, est d'être à l'ombre. Continue.

Je m'empressai de répondre que j'en avais terminé. Et puis sottement je recommençai : existait-il vraiment un milieu de la vie, un milieu du chemin ? Etait-ce un moment fameux obligatoire pour tous ou pouvait-on l'éviter ? Passer à travers le filet lancé par le temps ?

— Arrête arrête, cria-t-il comiquement en se bouchant les oreilles et ses grandes mains lui fabriquaient des oreilles d'âne, j'abjure, je me rends, arrête ! Je n'aurais jamais dû t'offrir *La Divine Comédie* pour tes vingt ans. Vingt ans après tu n'y as toujours rien compris. Bien trop vertical pour toi ! Tu serais capable de prendre une règle et de mesurer sur une feuille de papier millimétrique où est le Purgatoire en le mettant à égale distance du Paradis et de l'Enfer ! Dans quel état, quel état je te trouve ! Toi si indifférente aux catégories, que t'ont-ils fait pour que tu nous reviennes avec des milieux et des commencements !

Je boudais. Ce n'était pas moi mais les autres. Si j'étais au milieu de quelque chose c'est qu'on s'évertuait à me le faire croire. Intimidée par son emportement je faisais la tête.

— Alors qu'est-ce qu'ils te disent exactement ces malins ?

— « Est-ce que tu te rends compte que tu as déjà vécu autant qu'il te reste à vivre ? »

Cela détendit beaucoup l'atmosphère.

— Mais c'est une phrase typique d'Hemingway ! Le roman journalistique est ainsi, plein de vérités premières. C'est pourquoi il est bon et c'est pourquoi il est mauvais. On peut aussi bien lire les journaux et surtout éviter de rencontrer des gens qui vous disent ce qu'on peut lire dans Hemingway.

Le nom d'Hemingway le rendait gai. Sur la lancée il ajouta :

— Est-ce que tu te rends compte que j'ai déjà vécu absolument tout ce qu'il me reste à vivre ?

Je n'ai pas réagi. J'hésitais. Je soupçonnais le docteur d'avoir périodiquement pensé cela, à chaque moment important de sa vie, tous les dix ans. Je crois que la mort avait toujours été derrière lui. Pas assez vaillante pour lui poser la question, je revins encore à moi.

— Toi, tu es immuable. Moi... me serais-je rendue coupable de quelque chose ?

Il parut disposé à tout reprendre, patiemment. Mais il se trouvait déjà au bord de sa chaise, en train de fouiller ses poches pour trouver de la monnaie.

— Connais-tu l'histoire du péché originel ? Elle est de loin plus originale que celle de la mauvaise conscience et au moins elle a une solution. Laisse la mauvaise conscience reposer dans la tombe de son inventeur et va donc imiter les poissons dans la mer du Créateur.

Cette fois, aucun doute, c'est moi qu'il congédiait. Il s'était levé, il avait remis son chapeau sur la tête.

— Tu es fâché, murmurai-je.

— Non, répondit-il doucement. Je ne peux plus me fâcher avec toi.

Je savais qu'il pensait à Indio. J'ai eu envie de le décevoir, de lui lancer que je n'avais jamais aimé Indio comme j'avais aimé... et puis non, j'étais mortifiée, les sentiments n'y entraient pour rien, je l'avais déçu.

Il avait pris mon bras avec la même douceur. Je ne voyais plus son regard sous son chapeau. Il me dirigeait vers les ascenseurs.

— Madame, cria le garçon, on vous demande au téléphone.

Le docteur eut une façon de moue. Il allait enfin savoir si j'avais dit ou non la vérité et si quelqu'un d'autre que Dorotea était au courant de mon séjour ici.

— Dépêchez-vous, criait le garçon.

C'était le portier de l'hôtel. Les bagages étaient retrouvés.

— Tant pis, fit-il.

Mais il paraissait content.

Puisqu'il m'envoyait à l'eau j'irais me baigner aux Baños del Carmel. Le taxi passa devant le Miramar, j'aurais voulu m'arrêter. Je me retournai pour le voir encore, aussi beau qu'autrefois malgré son air endormi, ses volets fermés, ses jardins à l'abandon. A cause de sa couleur mi-ocre mi-dorée il respirait encore. Il vivait endormi mais je n'étais pas un prince. Dommage ! soupirai-je à haute voix.

— Un crime vous voulez dire, une honte, renchérit mon conducteur qui suivait tout par le rétroviseur. C'est un ministère de l'Injustice qui l'achète et qui s'y installe ! Au lieu de construire un nouveau Palais de Justice, ce qui aurait donné du travail aux maçons, et de rouvrir l'hôtel ce qui aurait donné des emplois aux chômeurs. A Marbella ils vont dépenser quatre cent cinquante millions de pesetas pour construire une école hôtelière. Vous ne croyez pas qu'ils auraient pu le faire au Miramar ? Au lieu de ça ils vont tout démolir à l'intérieur. A la place des jardins ils vont construire des parkings et allons-y pour mille millions de pesetas. Un des meilleurs hôtels du monde, encore plus célèbre que l'Alfonso XIII de Séville ! Mais l'Alfonso XIII, lui, on le soigne, on le cajole, on le rénove, parce que c'est Séville. Pour Malaga des crottes. Et l'Alfonso XIII il fait un chiffre d'affaires en or, en or je vous dis, mon fils est second concierge là-bas. Vous ne croyez pas qu'il aurait été aussi bien second concierge ici, au Miramar ? Et cette drôle de colombe de Paloma Picasso qui, au lieu de nous apporter la becquée, ne trouve rien de mieux que de venir de Nueva York cautionner l'achat de l'hôtel Don Carlos par des Libanais ! Notre caisse d'épargne à nous, Malaguènes, elle refuse de vendre aux Arabes... Ah ma mère ! On est arrivés.

Les Baños de Nuestra Señora del Carmel conservaient leur jolie entrée en faïence, l'allée abritée d'arbres qui conduisait aux cabines et aux douches, mais sur les cailloux de la plage il y avait foule. Du temps où les cosmopolites se retrouvaient au Miramar c'était déjà une plage populaire, filles et garçons de la ville venaient s'y baigner. Maintenant leurs familles au grand complet les avaient rejoints, de la grand-mère au nourrisson. Un haut-parleur crachotait un programme de radio interrompu par les informations. Le maire de Madrid, un socialiste espagnol, se trouvait à Paris. Il rendait visite au socialisme français en la personne du nouveau président de la République. Ça ne faisait pas plaisir au speaker. La terrasse du restaurant où Indio, s'encanaillant, m'emmenait manger du mérou grillé, n'avait plus ses grands stores tirés. Le soleil frappait et je n'avais plus de parasol. Je me précipitai dans la mer si bleue, si fraîche, que seuls les enfants s'y aventuraient. Je nageai assez loin pour ne plus distinguer les gens sur le rivage. A mesure que je nageais vers le large apparaissaient, au fond de la baie, les gratte-ciel américains, guetteurs mélancoliques d'une autre terre que la leur.

Je flottais sur le dos comme une bienheureuse, bouche bée devant le ciel intact. Contente d'être à l'envers. Les vaguelettes glissaient sous moi, je glissais à nouveau sur l'existence. Je fermai les yeux, mille brouillons de couleur m'occupèrent. A travers les rais de lumière se faufilait une nouvelle question. J'entendais mal à cause du bruit de l'eau dans mes oreilles et je me remis à nager à l'endroit, de longues et lentes brassées qui faisaient semblant d'aller vite. Alors j'entendis de nouveau la question se poser, plusieurs fois comme pour être sûre d'être entendue. Mais qui, demandait-elle, qui donc m'a abandonnée ? J'en fus très surprise car hier, hier encore, j'aurais pu répondre et aujourd'hui je sentais que ma réponse d'hier eût été fausse. Le nom qui aurait jailli spontanément de mes lèvres n'était pas le bon. Sous une apparence de réalité il cachait une nouvelle question. Je commençais à peiner comme si j'avais fourni un gros effort et là, au milieu de la mer, je me remis à faire la planche afin de retrouver mon souffle. Je me répétais l'énigme sans chercher la réponse, j'étais trop fatiguée : Mais qui, qui donc, m'a abandonnée ? Lorsque j'entendis tout à coup une autre question, criée cette fois : Vous êtes en difficulté ?

Evidemment que j'étais en difficulté. Ne plus savoir qui vous abandonne suppose que le monde entier a pu se retirer. Ne même plus savoir ce qui se cache sous le nom de celui dont on croyait avoir été... Brusquement j'ai senti un corps contre le mien, j'ai eu très peur, j'ai poussé un cri en rouvrant les yeux, je m'attendais à un mérou, un espadon, c'était un garçon tout effrayé.

— Vous êtes en difficulté ? criait-il.

Je fis signe que oui, je me sentais épuisée. Il y avait un autre garçon sur le pédalo, rond comme une boule. Il voulut me hisser mais je glissais entre ses mains. Il fallut que l'autre qui était dans l'eau me pousse aussi.

— Les gens d'ici ne nagent pas si loin, disait le gros. A l'aller ça va, mais au retour il y a du courant. Ça va ? Moi c'est Manolo. Lui c'est Luis. Et vous ?

— Moi ? moi ? répétais-je.

Ils me donnèrent de petites gifles. Le gros prit mes

pieds entre ses mains mais il ne savait que faire avec. L'autre lui demanda de se tourner et me plaça tant bien que mal contre son dos qui était sec et brûlant. Puis il alluma une Rumbo et me la passa.

Au bout d'un moment j'avais retrouvé mes esprits. Un peu fiers ils se remirent à pédaler, droit vers la plage. Une fois sur le rivage, je leur proposai l'apéritif. Ils commandèrent d'énormes sandwichs et moi aussi je dévorai. J'avais du mal à les comprendre car ils parlaient à toute allure en oubliant la moitié des mots. Le gros tenait absolument à ce que je comprenne pourquoi il se trouvait sans travail. Autrement il aurait été un formidable vendeur de motocyclettes japonaise, et l'autre un formidable joueur de foot si le mari de sa sœur, Pepe Benguigui, n'avait été limogé par le Malaga Balomano Club et exilé dans l'équipe de Jaén, ce qui était un enterrement de première. Le gros m'avoua qu'il ne savait pas nager et ils me firent promettre de revenir à la plage. Ils m'accompagnèrent jusqu'à l'arrêt du 11 et l'attendirent avec moi.

Dès que je fus arrivée à l'hôtel, je m'étendis sur mon lit et quand je me réveillai il était presque huit heures du soir. Le téléphone sonnait.

— Où donc étais-tu ? demanda le docteur.

— J'ai dormi, bredouillai-je, dans la mer du Créateur.

— Tant mieux. Ça nous a évité d'aller voir les taureaux de Pablo Romero.

J'étais furieuse. J'avais raté la première corrida.

— Vous y étiez, don Sebastián ? demanda le maître d'hôtel de chez Antonio Marin en nous plaçant à une des meilleurs tables, juste au bord de la mer.

Le docteur répondit par un signe net et radical de la main qui écartait radicalement toute possibilité pour un aficionado de s'être trouvé cet après-midi à la Malagueta.

— Vous n'êtes plus seul à penser ainsi, commenta le maître d'hôtel avec respect. La Malagueta était à moitié vide. Je ne sais pas ce qu'il fait à ses taureaux. On n'a pas donné une seule oreille.

— Ses bêtes ne savent plus courir. Elles se défendent pour attaquer.

— Exactement. Le premier a donné un mauvais coup à Ortega pendant l'estocade. On a dû transporter Ortega à l'infirmerie. Mais c'est un *valiente,* il est revenu pour son second taureau.

— Pepillo a bien piqué ?

— Applaudi comme d'habitude. Ce soir, il y a de l'excellent mérou.

Il avait jeté un coup d'œil sur la terrasse qui se remplissait et en même temps suivi mon regard sur la mer ou le ciel noir enluminé de guirlandes électriques.

— C'est un bateau de guerre américain. Comme vin ?

— Tu vois que ce n'était pas la peine d'y aller, conclut le docteur.

A deux ou trois tables dînait un homme seul, au visage brun et marqué, auréolé de cheveux blonds. La solitude intrigue dans les lieux de partage et puis je me rendais compte que je me trompais, c'était l'inverse, cheveux blancs et traits juvéniles. Il se tenait de façon raide, en officier, à moins qu'il ne fût affecté d'un lumbago. Quand il se tournait vers la mer il offrait un profil pur et fier, comme si la nuit était tombée pour qu'il se profilât contre elle, en médaille.

— Qui regardes-tu ? demanda le docteur.

J'allais répondre un inconnu lorsque j'eus l'impression de le reconnaître. Oui, j'avais déjà vu cet air de conquérant sans terres, méprisant la jeunesse qui s'accrochait à lui.

— J'ai l'impression d'avoir déjà vu un homme qui dîne là, seul, derrière toi, au fond.

Le docteur appliqua sa technique du comment regarder sans être vu. S'appuyant sur la balustrade il se tourna carrément vers le large, comme si le bateau américain se trouvait à quelques mètres et qu'il suffisait de se pencher pour dire hello à l'équipage. Pendant ce temps il regardait de côté.

— Catastrophe. C'est Guillaume Favre d'Argère.

— Favre d'Argère ? Incroyable.

— Il y a quinze jours il se trouvait à Séville, et à Madrid il y a un mois. A croire qu'il me file.

— Mais Dorotea a rompu ?

— Ils passent leur temps à rompre. C'est assommant.

A peine eut-il exposé son paraphe sur le vide pour demander l'addition que l'autre plia son journal, se leva et se dirigea vers notre table. Faisant comme si je n'existais pas, il se pencha avec un sourire presque heureux vers mon compagnon dont il bloqua le mouvement de départ.

— Ne vous dérangez surtout pas. Je veux seulement vous saluer et vous féliciter...

Le docteur leva vers ces félicitations un air surpris.

— ... d'un acte qui m'a, disons, réconcilié avec vous. Vous n'ignorez pas que je vous considérais comme un ennemi.

Le docteur avait de nouveau son air vivement intéressé. En désignant un siège à Guillaume il se rappela ma présence.

— Connaissez-vous mon ennemie préférée?

Je tendis la main mais Favre d'Argère ne la prit pas. Il la porta à ses lèvres et l'oubliant à mi-chemin la laissa retomber avec indifférence.

— Sa sœur, évidemment. Dorotea ne m'a pas fait l'honneur de me la présenter. Puis-je me permettre de vous offrir un anis, un cognac?

Sa politesse avait quelque chose d'exécrable.

— Je vous ai aperçu à Séville.

— A Madrid et ici, compléta le docteur.

— Si j'avais pu, s'empressa l'autre, j'aurais évité ce voyage. J'ai horreur de votre pays. Il empeste les capitaux étrangers dont je suis hélas un des représentants.

A ce moment, par hasard, il y eut une bouffée d'air délicieux. Un vendeur passait avec sa corbeille sur la paume de la main. Au bout des hautes tiges de fenouil sauvage, enfilées et serrées comme des perles, passaient les *biznagas*. Favre d'Argère claqua des doigts pour échanger, sans un mot, le jasmin que l'enfant lui tendait contre un billet. Avec la même condescendance il le déposa devant moi. Je remerciai l'enfant qui s'éloignait. Le docteur trempait ses lèvres dans l'anis et acceptait un petit cigare. On était circonvenus.

— Allez-vous m'expliquer pourquoi nous étions fâchés et pourquoi nous ne le sommes plus ?

— Soit. Je suis persuadé que vous avez usé de votre influence sur Dorotea pour la détourner de moi. Ce en quoi vous aviez parfaitement raison.

— Et vous tort. Je ne...

— Pardonnez-moi. Elle vous a rapporté certains faits. Elle m'a assuré, avant de me mettre à la porte, que vous connaissiez sur moi des choses terribles.

— Je suis contre la confidence, et pour les confessions, répondit le docteur. Mais je n'ai pas été ordonné prêtre. Alors je suis pour les pyramides et contre le misérable petit tas de secrets dont nous nous composons...

Le verre vide de Guillaume fut remplacé par un autre. Il regardait à travers l'anis aussi transparent que l'eau.

— Je tenais à vous féliciter de vous être brouillé avec elle. Elle a prétendu, parce qu'elle est orgueilleuse, qu'il s'agissait d'un désaccord politique. J'ai deviné qu'il s'agissait d'un désaccord plus grave.

— Erreur, Favre d'Argère, erreur. La politique prime tout. J'ai eu avec Dorotea un léger désaccord métaphysique qui s'est tout récemment arrangé. A propos, que pensez-vous de votre nouveau gouvernement ?

La réponse du docteur m'étonna. Je l'avais peut-être réconcilié avec ma sœur. Favre d'Argère s'était lancé dans un éloge insolite des bonnes mesures socialistes. Etait bon tout ce qui allait contre lui, médiocre et ridicule le reste. Il applaudissait la nationalisation des banques puisque celle dont il était directeur adjoint allait y passer. Son président, son directeur général, les banques, l'argent, l'héritage, pouah ! Délectable l'impôt sur la fortune puisqu'il allait toucher son père, son grand-oncle, ses cousins, toute cette dynastie qui s'était écrasée devant l'ordre bourgeois. Admirable la retraite à soixante ans puisqu'il en avait cinquante-neuf, qu'il allait enfin pouvoir se retirer des affaires, casser son réveil, donner ses cravates, jeter ses agendas, vendre sa CX noire. Et sa misogynie l'ayant fait bifurquer, il larguait complaisamment les femmes qui ne sont attachées qu'aux signes extérieurs de richesse. A mesure que son excitation croissait dans la description d'une vie chaste et retirée, il larguait à son tour l'effet socialiste et ne retenant plus que sa propre cause, l'abaissait, ou s'abaissait lui-même avec une prédilection sauvage, dans un rire abîmé, conduit vers le bas par la commissure des lèvres. Seulement quand il relevait la tête il retrouvait cette allure fine et fière qui m'avait frappée de loin.

Le maître d'hôtel rôdait autour de nous. Le restaurant allait fermer.

Nous revînmes lentement par le paseo de la Alameda. Le docteur salua le buste de Rubén Darío en récitant quelques vers qui nous adoucirent. La lune était à peu près la même. Un travesti costumé en Andalouse se retourna sur Guillaume. Une famille du Grand Nord prenait le frais devant sa caravane.

— Je vous prie de m'excuser, dit Guillaume devant

le Malaga Palacio. Je me suis conduit de façon impardonnable.

— Au contraire au contraire, l'assura le docteur. Vous m'êtes devenu très sympathique. Politiquement, bien sûr, pas métaphysiquement.

Guillaume éclata d'un rire frais. Il ressemblait à nouveau à un adolescent.

— Alors ne me laissez pas seul. Venez boire un dernier verre avec moi.

Le docteur me poussa.

— Vas-y toi, la nuit est jeune et je suis vieux.

C'est ainsi qu'on se retrouva, Guillaume et moi, en tête à tête, au Pepe's bar où il me raconta, en buvant du whisky, sa rupture avec Dorotea.

— Je suis riche, commença-t-il, mais je n'ai pas d'argent. Mon père a décidé que je mourrais le premier. Il m'accuse d'avoir tué ma mère par mon divorce. Très catholique, vous comprenez ? J'aurais bien fait de l'histoire de l'art, ou une licence de philosophie, mais ils m'ont marié très tôt, au sortir de la guerre. Ma fiancée venait jouer au tennis chez nous à la campagne. Elle était très mignonne en petite jupette blanche. Sa famille s'était compromise avec les Allemands mais la pauvre chérie elle n'y pouvait rien. J'ai empoisonné sa vie. Son père était banquier, on m'a fait entrer dans la banque. Quand nous avons divorcé elle a eu la garde des enfants. Moi j'ai changé de banque, même en ne faisant rien j'avais appris. Ma mère est tombée malade. Au début j'allais manger du poisson le vendredi avec elle, et puis je ne supportais plus ses sermons, je n'y suis plus allé que le dimanche, pour le goûter des enfants. Un seul de mes fils m'aime, les autres me détestent. Il est bizarre, il me ressemble, il a entrepris des études de philosophie mais sous l'influence de sa grand-mère il est devenu franchement bigot. Il ne passera jamais sa licence. Il croit en Dieu. Il ne sera jamais capable de gagner sa vie, peu importe, on le mariera, il est beau garçon, il héritera de mon père, si l'héritage existe encore! Devant lui je n'attaque jamais le catholicisme. Je dis du mal de l'Islam ou de Luther. Mais il est devenu œcuménique. Il adorait Dorotea. Pour lui c'était le Diable. Il m'a avoué qu'elle était la seule femme avec laquelle il n'aurait pas eu peur de coucher. Tous les catholiques se ressemblent. Si j'avais été un père moderne j'aurais demandé ce service à Dorotea. Elle n'y aurait vu que du feu. Après je l'aurais détestée. C'est toute mon histoire avec elle.

« Je suis tombé amoureux fou d'elle il y a environ cinq ans, à Orly. J'allais pour la première fois à Madrid, voyage d'affaires, et elle y retournait. Soi-disant venue à Paris vous voir mais j'ai immédiatement subodoré qu'elle y avait un amant. Je voyageais en première classe. Ma banque s'obstine à ces frais grotesques. Je suis allé lui porter ma coupe de champagne en classe touriste et je suis resté près d'elle. Nous avons fait l'amour le soir même, chez elle. J'étais très excité et j'ai joui tout de suite. Après je l'ai insultée, je l'ai traitée de femme légère, d'aventurière. J'ai pensé qu'elle ne voudrait plus me revoir mais elle avait l'air de trouver ça normal. J'aimais cette façon de trouver tout normal mais loin d'elle cela se retournait en souffrance car pourquoi, avec les autres, n'aurait-elle pas aussi trouvé tout normal ? Je crois que c'est ma jalousie qui l'a fascinée. J'ai été, dès la première minute, atrocement jaloux de son passé, de son présent, de ses valises où je reconnaissais la marque de ses amants, d'Indio, de vous, du docteur. Elle prétend ne rien comprendre à la jalousie, elle dit qu'elle le tient d'Indio, ou de vous. J'ai mon idée là-dessus, c'est faux. Par contre elle ne comprend strictement rien au besoin de souffrir, qui est mon drame. Elle le juge " un caprice raffiné de l'imagination ". Elle inventait peut-être ces récits dont je raffolais mais elle avait quand même eu un mari et plusieurs amants. Je ne m'en lassais pas. Ses récits aiguisaient mon amour d'elle, me rendaient fou. Je me sentais puissant, unique, je la baisais magnifiquement et après je sombrais dans le désespoir. Ç'eût été l'enfer de vivre dans la même ville, pourtant je ne pensais plus qu'à ça. Dans un moment d'égarement je lui ai demandé de m'épouser, elle a refusé net. Comme elle est honnête elle ne s'est pas retranchée derrière le fait que le divorce n'existait pas encore en Espagne, au contraire, elle m'a avoué que son mariage américain était nul, qu'en fait elle était libre, mais elle vous citait en exemple, elle citait un poète " ô détenue ô mariée ", et quand vous avez annoncé votre mariage, elle a parié qu'au dernier moment vous prendriez la fuite. Son refus m'en imposait, je le comprenais presque trop bien. J'ai été moi-même marié, ça ne donne pas envie de recommencer.

« Après des opérations brillantes, on m'a chargé du

secteur d'investissements bancaires en Espagne. Quand je n'y allais pas pour affaires, j'y partais le vendredi jusqu'au dimanche soir. Je me suis littéralement ruiné. Je l'appelais presque tous les jours de la banque ou de chez moi, la nuit. Parfois, à deux heures du matin, elle n'était pas rentrée. Je buvais en l'imaginant sous un de ces Espagnols ridicules, aux cheveux bruns et au teint olivâtre. Je voyais son corps se soumettre aux demandes les plus extravagantes. Et puis le téléphone sonnait, c'était elle, elle appelait gentiment, tendrement, mes insultes la faisaient rire. L'adoration m'envahissait, je chassais mes honteuses visions, ou plutôt je les reprenais avant de m'endormir.

« Dans ce métier pourri qu'elle pratique on trouve chaque fois une raison de déjeuner ou de dîner avec quelqu'un qu'on ne connaît pas. Un journaliste, un photographe, un type de la radio ou de la télé, elle ne cessait de rencontrer des gens nouveaux, je ne m'y retrouvais plus, je me persuadais qu'ils étaient tous épris d'elle et qu'elle me le cachait soigneusement. Ou bien qu'elle situait dans le passé des histoires qui lui arrivaient sous mon nez. Il m'est arrivé, à Madrid, de fouiller dans ses affaires. J'ai lu des lettres anciennes de vous, j'ai détesté votre légèreté. J'ai trouvé la photo d'une fille nue, ce devait être une toute jeune fille, elle cachait son visage de ses bras repliés. Au dos, la photo portait des indications, London, Indian's summer, 1977, Henry quelque chose. Ce devait être la signature du photographe, peu importe, elle ne s'intéresse pas aux femmes. Je tombais sur des billets ambigus, je cherchais des mots dans le dictionnaire. J'ai longtemps cru qu'une formule finale de politesse ou d'affection, un *abrazo*, vous savez ? signifiait enlacement, étreinte. Le téléphone sonnait, je décrochais, on raccrochait. Naturellement cela arrive aussi chez moi mais dans sa maison tout prenait des proportions extraordinaires. Je vois, vous pensez que nous vivions un cauchemar, dans le fond vous êtes aussi conventionnelle qu'elle. Eh bien, je vous assure que je n'ai jamais été aussi heureux de ma vie. J'avais l'impression de vivre ma jeunesse, celle dont on m'a privé. Elle, elle découvrait la passion. Je sais que dans la famille on déteste le mot, qu'il est réservé à " Indio " ! Je ne prétend pas que Dorotea avait une passion pour moi mais elle découvrait à travers moi qu'on peut appartenir, ou posséder, avec obstination, avec férocité. Que la jalousie n'est pas " un caprice raffiné de l'imagination ", une exagération " monstrueuse " de l'amour. Elle n'a connu comme vous sans doute que le jeu. Sur les causes de votre marivaudage j'ai ma petite idée. Mais je ne veux pas entrer dans votre roman familial. D'ailleurs je m'en fous.

« Me regardait-elle, m'aimait-elle, comme une bête curieuse ? Et vous ? Faites-vous semblant d'ignorer que la curiosité est une passion ? La bête avait des fantasmes qui au début lui répugnaient. Avait-elle, avez-vous, des fantasmes ? Dans la famille, vous réalisez tout ! Elle se fâchait ou se moquait que j'alimente ainsi ma jalousie de ces visions d'elle en train de me tromper puisque, elle me le jurait, elle ne me trompait pas. Mais j'avais besoin qu'elle me trompe pour souffrir, j'allais jusqu'à la supplier d'inventer pour me le raconter, pour que je bande, puisque vous avez l'air de ne pas comprendre. Jusqu'au jour où je l'ai suppliée de le faire pour moi, devant moi.

« Elle a dit oui, tout de suite, j'avais tout prévu sauf ça. J'ai senti la terre se retirer sous mes pieds. Quand je bois je deviens violent. J'avais bu et je l'ai traitée de salope. Je me perdais à ses yeux. Elle a horreur de la grossièreté, pour elle la violence c'est de la grossièreté. Avec un mépris dont vous êtes bien capable, elle m'a lancé au visage que tous les hommes ont envie de faire coucher leur femme avec une autre pour en avoir deux. Que cela relève d'une sinistre banalité. Que s'y soumettre, tant pis si j'étais trop catholique pour le comprendre, signifiait pour elle un peu moins qu'un charmant exercice. J'ai retrouvé mes esprits. Elle m'avait mal compris. Non je ne suis pas à ce point sinistrement banal. Je me suis jeté à ses pieds, je lui ai demandé pardon, j'ai avoué quelle était la nature de mon désir. Là elle n'a rien répondu, je l'avais surprise, j'étais allé ailleurs ou plus loin que ce qu'elle avait imaginé. Là elle ne disait plus rien, elle était choquée, elle me réprouvait. J'ai eu plus envie que jamais de la faire céder. Sa curiosité de moi était revenue, accompagnée d'une répugnance qui me faisait frissonner de plaisir. Rien n'était donc fini entre nous. J'avais seulement reculé le moment où elle céderait par mon éclat de violence, quand j'avais cru qu'elle acceptait si aisément.

« Une chose me préoccupait. Quand elle venait à Paris elle ne descendait pas chez moi. Or, à Paris, n'importe qui peut monter dans votre chambre d'hôtel. Elle passait me voir en fin de journée, ou bien nous revenions chez moi après avoir dîné au restaurant, et elle repartait dormir à l'hôtel ou chez vous. J'étais persuadé depuis le début qu'elle avait un amant à Paris. Je ne pouvais pas non plus trouver son attitude anormale puisque c'était la mienne à Madrid. Moins à cause de la respectabilité que par goût, nous dormions rarement ensemble. C'est tellement conventionnel ! Tandis que se quitter au milieu de la nuit, comme deux inconnus, pour se retrouver le lendemain, c'est encore la jeunesse. Maintenant je suis définitivement vieux.

« Lors de son dernier séjour à Paris — enfin elle y est peut-être revenue depuis, ça ne me regarde plus, Dieu soit loué ! — je déjeunais chez Francis, place de l'Alma, un déjeuner d'affaires, quand je l'ai vue entrer avec un homme. Elle ne m'a pas vu. Leur intimité éclatait. Elle semblait refuser à contrecœur quelque chose dont il la priait instamment. Il la suppliait sans doute de passer avec lui la soirée qu'elle devait passer avec moi, la dernière, puisqu'elle repartait le lendemain. Il avait très mauvaise mine. Il portait un grand tricot bleu marine, moi j'étais en bourgeois, veston, cravate. Il était assez laid mais elle est capable de trouver du charme à n'importe qui. Il n'arrêtait pas de parler, d'habitude c'est elle. Je voyais bien qu'il était rongé par un vœu épouvantable. A un moment donné il a rapproché son visage du sien, ils déjeunaient face à face, il l'a longuement tenu entre ses mains. Leurs lèvres devaient se toucher. Si ce moment avait duré, si je n'avais pu l'interpréter comme une illusion d'optique, j'aurais fait un esclandre. J'ai planté là mon invité, j'ai prétexté un malaise, je suis sorti, j'ai fait annuler tous mes rendez-vous par ma secrétaire, je suis rentré chez moi. Je transpirais à grosses gouttes. J'ai changé deux fois de chemise. Elle venait à Paris retrouver cet homme. Elle m'avait trompé depuis le début.

« A sept heures précises, elle sonne. Sa ponctualité soudain avait quelque chose d'obscène. J'ignore la tête que j'avais, probablement celle d'un fou. Elle a tout de suite demandé ce qui arrivait. Quand elle a peur elle ressemble à une infirmière débutante réveillée en pleine nuit. Non je ne suis pas malade, hurlais-je, tu me trompes, je t'ai surprise avec ton amant, tu déjeunais chez Francis avec lui, après je vous ai suivis, etc. Je lui ai fait une scène affreuse. Incapable de m'arrêter d'autant plus qu'elle réagissait à sa façon, la pire, c'est-à-dire qu'elle ne réagissait pas du tout. Quand elle a fini par ouvrir la bouche, c'était pour dire calmement — j'ai dû me taire pour entendre — qu'il en était mieux ainsi, que ma jalousie lui devenait insupportable, qu'il valait mieux rompre, et pour moi et pour elle. Son sang-froid est tel qu'elle m'a poliment fait passer d'abord ! Il y avait des choses graves dans la vie, il était indécent de fabriquer continuellement des drames pour rien. Ce *rien* m'a paru outrepasser les bornes du cynisme le plus éhonté, j'ai porté la main sur elle, je ne sais pas ce qui m'a pris, j'ai voulu la frapper. Elle m'a arrêté avec une poigne de fer. Alors j'ai craqué, j'ai éclaté en sanglots, je n'avais jamais pleuré devant personne, même ma mère, ç'a été ma pire victoire, parce que, après, j'ai eu ce que je voulais, mais je ne le voulais plus. Elle m'a pris en pitié, ce qui signifie pour vous le commencement de la fin. Elle m'a pris dans ses bras, elle m'a promis que nous ferions ce soir ce que je lui avais tant demandé de faire, et non parce qu'elle était coupable, elle allait me dire qui était l'homme avec lequel elle déjeunait chez Francis, mais parce qu'elle voulait me donner une preuve de son attachement à moi, à ma folie, ajouta-t-elle. J'ai regardé l'oiseau de Braque qui est le témoin de ma solitude, je me souviens, je me suis souvenu de cette phrase de lui « les preuves fatiguent la vérité » mais j'éprouvais un tel bienfait de la disparition de ma souffrance de l'après-midi, cette suée d'angoisse qui avait trempé deux chemises, que je ne la comprenais plus. La promesse non plus, qui aurait dû me procurer un état d'excitation extraordinaire, je n'y prêtais même pas attention tant la fin de mon anxiété satisfaisait mes sens.

« Elle est revenue de la cuisine avec deux whiskies, elle s'est assise sur le canapé, elle m'a raconté que cet homme malheureux allait vous épouser. J'ai tout de suite demandé : malheureux parce qu'il est amoureux de toi ? Je suis comme ça, c'est automatique. Elle n'est pas tombée dans le piège, elle a continué, que vous alliez vous marier, pour x et x raisons, je ne me rappelle plus, ça ne m'intéresse pas. Moi je revoyais le geste amoureux qu'il avait eu en prenant son visage et en y plongeant son regard. J'ai renoncé à la contraindre de m'avouer que s'il n'était pas son amant il aurait voulu l'être, car elle m'a supplié, au nom de mon fils, de ne pas recommencer. Mes reproches se sont alors naturellement tournés vers vous. Vous étiez Dorotea en pire. Vous épousiez cet homme, vous l'acculiez au mariage à force d'infidélité ou de cette indifférence à la loi de l'espèce qui est un trait commun de votre famille. Vous m'étiez odieuse. Jusqu'au tricot bleu marine qui était sale parce que vous refusiez de le laver. Dorotea s'est mise à rire. Son rire me fait rire parce qu'elle ne sait pas rire, elle glousse, non, elle hoquette, alors je me suis mis à rire et je n'ai plus pensé qu'à notre soirée.

« Vous imaginez maintenant où je voulais la conduire. En sortant du restaurant nous avons pris la voiture et nous sommes allés au Bois. Jusqu'au dernier moment j'ai cru qu'elle allait se dédire mais elle s'était fait un point d'honneur, *pundonor* comme elle dit, de ne pas revenir sur sa décision. Cela n'a pas tardé, une voiture a commencé à nous suivre, conduite par un homme seul. J'ai ralenti comme j'avais cru comprendre qu'il fallait faire car je ne l'avais jamais fait de ma vie, vous auriez pu le deviner. L'autre voiture a lentement commencé de me doubler comme si elle ne voulait justement pas me doubler. La vitre s'est baissée, j'ai baissé la mienne, j'ai donné mon adresse. Je sais que ça ne se fait pas, très dangereux, une folie, mais je ne connaissais aucun endroit où aller. Dorotea n'a même pas tourné la tête. Je crois qu'elle ne l'a vraiment vu que lorsque nous étions dans le salon. Moi je l'ai vu quand il sortait de sa voiture, il s'était garé juste derrière moi, il était très bien, soigné, sportif, j'ai même été surpris, je croyais qu'il n'y avait que des monstres. Dorotea est descendue de voiture. J'ai ressenti alors le premier coup de poignard, quand le regard de l'inconnu l'a découverte tout entière. Il paraissait plus jeune que moi mais habillé comme moi, veston, cravate. Il a eu une expression à la fois stupide et ravie, il ne s'attendait certainement pas à une femme comme elle. Elle portait déjà son costume de voyage, un tailleur pied-de-poule, beige et noir, et un chemisier à écharpe nouée autour du cou. Ses belles jambes dans des escarpins beiges qui la rendaient plus grande. Elle lui tournait le dos dans l'ascenseur. Lui la dévorait littéralement tout en me jetant des petits coups d'œil contraints et interrogateurs. En plus il était bien élevé ! On est entrés dans le salon où je laisse toujours la grosse lampe allumée. Elle est allée directement dans la cuisine chercher des glaçons et du whisky comme s'il s'agissait d'un invité normal. J'ai pensé qu'elle nous laissait seuls afin que j'organise les choses mais c'est le type qui m'a demandé tout de suite ce que j'attendais. Je me suis empressé de répondre que moi rien. Il imaginait sans doute quelque chose avec moi. " Je veux seulement que vous fassiez l'amour devant moi avec cette femme. " Il a eu l'air enchanté. Pour lui c'était idéal. Je m'en suis rendu compte et je me suis mordu les lèvres. Du coup je n'existais plus. Relégué dans le rôle du mari, même pas, j'avais dit " cette femme ", de l'amant malade, pervers, impuissant peut-être ? Je n'existais plus quand Dorotea est revenue avec son joli plateau, polie, exquise. Ils se sont mis, c'est inimaginable, à faire la conversation comme dans un salon. Glaçon, Perrier ? Elle lui a même demandé ce qu'il faisait dans la vie. Agent de change, voilà ce qu'il a répondu. Il ne manquait plus que ça. J'aurais aussi bien pu le rencontrer à la Bourse ou dans son bureau ! Elle a à peine menti en disant qu'elle était argentine et il l'a plainte à cause de la dictature. Bien-pensant, un comble ! Ils auraient pu se rencontrer dans la vie et se plaire. Je suis devenu grossier. J'ai lancé à Dorotea : " Déshabille-toi " et à lui : " Cette femme est une chienne ". Il est tombé des nues. Il s'est dressé son verre à la main comme s'il allait me le lancer à la figure. Mais Dorotea en déboutonnant tranquillement son chemisier lui a souri l'air de dire que cela faisait partie du jeu. Alors il a posé son verre et s'est tourné vers moi. Cette fois il ne se tournait même plus vers un mari, il se tournait comme vers son propre père, ayant perdu la boule, qui lui aurait lancé : " Tu es libre, couche, mais couche donc avec ma femme. " Il croyait que j'étais fou. Cela m'a exaspéré. Je l'ai presque poussé dans ma chambre en murmurant : " Mais baisez-la donc espèce d'imbécile puisque vous êtes là pour ça. " Il s'est déshabillé dans la lumière qui provenait du salon par la porte, là même où Dorotea est apparue toute nue. A partir de là ils m'ont littéralement oublié. Il s'est jeté sur elle, il a commencé à l'embrasser passionnément. Il avait gardé son slip, un slip bleu ciel, ridicule. Je pouvais encore croire qu'il n'y avait rien dedans. Mais elle en a sorti un membre gros comme celui d'un cheval. Je n'ai jamais bandé comme ça. Moi je ne bandais pas du tout. Elle a écarté les cuisses et il a pris sa grosse et stupide bite dans sa main pour la guider en elle. Elle a poussé un cri, il est demeuré à moitié chemin, et puis je ne sais pas comment il s'y est pris mais il est entré en elle, il a disparu en elle, il est entré entièrement en elle, elle était entièrement pénétrée. Elle fermait les yeux, je suis sorti de la chambre.

« Je suis sorti parce que je ne pouvais en supporter davantage. J'ai allumé une cigarette et je l'ai fumée jusqu'au bout sans bouger. Je savais que jamais plus je ne pourrais faire l'amour avec elle. Et puis j'ai entendu gémir ou crier. Un bref espoir, c'en était fini, il l'avait tuée, étranglée, c'était un sadique, un de ces hommes criminels qu'on rencontre dans le Bois. Je me suis approché en tremblant, j'ai entendu un bruit de voix et là, sur le seuil, dans le noir, j'ai entendu l'homme crier son propre nom, son adresse, oui, au moment où il déchargeait en elle voilà ce qu'il criait, son adresse et son nom. Elle n'a pas dit le sien. C'est la seule chose dont je lui sais gré. Après, cet homme a retrouvé ma trace par mon appartement. Il m'a harcelé pendant des semaines, il appelait ou il laissait des messages griffonnés sous la porte. Moi j'ai fait mes adieux à Dorotea cette même nuit. Elle m'a regardé avec pitié, avec cette condescendance que je lis dans vos yeux. Ah vous êtes bien les mêmes! Mais, ma pauvre, vous dormez? Vous êtes complètement endormie, ou saoule. Elle m'a dit qu'elle ne me pardonnerait jamais, pas l'homme du bois de Boulogne qui l'avait fait jouir, mais d'avoir trouvé ce moyen de lui dire adieu. »

Je me levai. Je ne l'avais pas interrompu une seule fois.

— Tu dors, grondait le docteur. Mais c'est une manie. A ce rythme il ne te reste évidemment plus guère de temps à vivre. Il est midi. Je vais aux Beaux-

Arts avec Constance. Rendez-vous à la Taberna del Guardia à une heure et demie.

Je commandai un café avant d'appeler Madrid. J'appréhendais les foudres de Dorotea et certaine question à lui poser.

— Loulou ! Je suis fâchée avec toi (elle explosa selon mes prévisions, elle hurlait dans l'appareil, exactement comme Indio, mais ils pouvaient aussi bien hurler de contentement), tu aurais pu te manifester plus tôt, je me fais un sang d'encre depuis ton arrivée, comme si tout ce que j'avais organisé avait raté. En plus, cette nuit, à quatre heures du matin, je suis réveillée en sursaut par la sonnerie du téléphone. Terrifiée je décroche et c'était un fantôme, Guillaume, de Malaga ! Cette rencontre-là, crois-moi, je ne l'avais pas prévue. Il parlait très lentement, en articulant soigneusement chacun de ses mots, j'ai compris qu'il était ivre mort. A-bo-mi-na-ble, il a répété vingt fois qu'il avait été a-bo-mi-na-ble.

Sa voix était fraîche comme un torrent. Je l'ai laissée couler sur moi, je n'ai plus eu peur de poser ma question.

— Avec ton mari ? Avec Léonard ? Mais il a perdu la tête, il délire, il faut l'interdire. Ah non, reprit-elle, il a raison, c'est vrai.

— C'est vrai ?

— Oui, c'est vrai. Je lui ai raconté que c'était ton mari. Trop long à t'expliquer.

— Mais le tricot bleu marine ?

— ...

— L'homme de chez Francis, il portait un tricot bleu marine.

— Oui, peut-être, je ne sais plus. Ah j'y suis ! Tu déduis du tricot bleu marine qu'il s'agissait de Léonard ?

On a eu le fou rire en même temps.

— Oui, l'histoire du Bois est vraie, tout est vrai, au fond Guillaume ne ment jamais.

— Tu n'as pas eu peur ?

— J'étais morte de peur. Seulement tu me connais. Il m'avait piquée au vif. De toute façon c'est moins dangereux que d'être entre les mains du docteur !

Je ne l'avais pas remerciée et je la remerciai avec une gratitude, une effusion, réelles. Ce qu'elle avait fait pour moi je ne l'oublierais jamais.

— Alors, sois gentille, Loulou, réconcilie-moi avec lui.

— Mais c'est fait, idiote. Il a trouvé ta mise en scène tellement extraordinaire.

On devait se retrouver à Madrid, Dorotea et moi, ou directement à Porquerolles pour le mariage de Cristina. Avant, elle allait avec une équipe de télévision tourner le mystère de la Vierge à Elche.

— Et toi, continue ton pèlerinage.

— Mon retour aux sources, tu veux dire, du Bien et du Mal. A propos, tu connais l'histoire des deux jeunes gens qui échangent leurs capes et...

— Pitié, hurla-t-elle. Stop it.

Je n'ai pas compris qu'elle parlait sérieusement. Ensuite elle m'a demandé si je resterais longtemps au Malaga Palacio. J'ai répondu que non, que j'allais chez Iñigo Jones. Il y a eu un petit temps.

— Méfie-toi d'une nièce qui s'appelle Constance.

— Ah bon ? C'est-à-dire ?

— Tu l'as déjà vue ?

— Oui. Elle se trouvait avec le docteur le soir de mon arrivée. En ce moment même ils sont ensemble, au Musée des Beaux-Arts.

— Comment la trouves-tu ?

— Intéressante. Non ?

— C'est bien ce que je craignais.

J'allumai une cigarette.

— Tu fumes ?

— Oui.

— Toujours des Rich & Light ?

— Non. Des encore moins riches et moins légères. Cette Constance a connu Indio ?

— Elle te racontera. Elle raconte très bien. Bon. Prescription numéro un : ne pas revoir Guillaume qui porte malheur. Deux : nager le jour et faire des folies la nuit.

— Tu sais, je ne rêve plus.

— De vraies folies.

— Tu crois que ?

— C'est précisément ce que je te demande de faire. Ou de laisser se faire. Tu as promis d'obéir jusqu'au 1er septembre. Après je disparais, tu rentres en classe.

J'aimais quand elle jouait l'aînée.

— Mon téléphone à Elche est le 54.17.42 mais je connais tes phobies, tu n'appelleras pas. Envoie un télégramme pour dire où on se retrouve.

Comme on allait se quitter je retrouvai un vieux truc d'autrefois. Celle qui voulait raccrocher criait « adios mi amor » en roulant les r comme Indio. L'autre faisait écho et la première raccrochait. Ce matin il n'y eut pas l'écho mais une réaction brusque, désagréable. Tellement inattendue !

— Ne fais plus ça. Indio pour moi c'est fini. Fini, tu entends ?

Tout se renversait donc. J'aurais dû avoir l'oreille plus fine. Elle avait déjà crié « pitié ! » quand je m'apprêtais à raconter pour la énième fois l'histoire qui enchantait notre père et qu'il n'avait jamais lue directement parce que le docteur la lui racontait toujours. Celle du Bien et du Mal se battant en duel, ne parvenant pas à se vaincre, et qui finalement se séparent, mais en se séparant se trompent de capes pour aller de par le monde.

Se pouvait-il, maintenant qu'Indio n'était plus, se pouvait-il qu'elle ne l'aimât plus, elle qui l'avait tellement plus aimé que moi de son vivant ? Je remis ce mystère à plus tard. J'étais très en retard et je ne peux pas m'habiller en pensant à autre chose.

Le hall de l'hôtel, apparemment vide comme d'habitude, résonnait d'un tumulte américano-espagnol traversé de gros jurons. Je remarquai un petit attroupement autour de la loge du concierge. Je m'approchai. Mon vieux portier tentait désespérément de placer son journal sous les yeux d'un Américain en chemisette à palmiers, rouge de colère, qui, d'une main, le repoussait en fouettant le journal d'une liasse de traveller's chèques et, de l'autre, tentait de gifler le second concierge avec des billets de corrida. La réception tentait de s'interposer. Le garçon du bar faisait alternativement deux gestes pour expliquer la situation à une Allemande : laissant l'espace d'un verre entre le pouce et l'index il l'avalait plusieurs fois de suite en levant le coude et puis se mettait à visser et dévisser son index sur sa tempe. Le portier m'aperçut et put enfin montrer son journal à quelqu'un. *Sur*, le quotidien de la province, portait en première page, dans un encadré rouge, l'annonce qu'Ordoñez ne pourrait pas toréer dimanche à la Malagueta. L'Américain vociférait qu'on lui avait fait acheter des places à prix d'or pour toutes les corridas sous prétexte qu'il n'y avait pas d'autre moyen d'assister à celle d'Ordoñez, qu'il n'était venu à Malaga, et au Malaga Palacio, que pour Ordoñez, et que si maintenant on lui retirait Ordoñez il exigeait d'être intégralement remboursé des sommes pharamineuses qu'il avait payées pour-ne-pas-voir-Ordoñez ! Il prononçait le nom à la martiniquaise et répétait, rouge d'indignation : *reventa, reventa*. Le concierge et la réception conjuguaient leurs connaissances linguistiques pour le calmer, lui expliquer qu'il serait remboursé, mais seulement du prix réel des places tel qu'on le pratique aux guichets de l'arène, qu'ils n'étaient pas responsables du marché noir, qu'ils avaient cru lui être agréables, etc. Cette scène comique atténua ma propre déception.

— C'est vrai qu'il a été blessé au cours de l'entraînement ? demandai-je au portier.

— Señorita, un homme qui, toutes portes fermées, à Estepona, tue entre trente et quarante taureaux pour se refaire la main, préparer comme on dit son « retour », un homme qui doit toucher dimanche environ huit millions de pesetas, s'il ne se présente pas le dimanche, de deux choses l'une : ou il est fou, ou il est sage.

En sortant de l'hôtel j'achetai *Sur*. Il n'y avait rien de plus et beaucoup moins que ce qu'avait dit mon portier. Sur la lancée j'achetai des fèves. Quand j'eus vidé mon cornet j'avais la bouche emportée par le sel. Où diable se trouvait cette Taberna del Guardia ?

Elle était devant mon nez. Deux heures sonnaient. En entrant, par contraste avec l'extérieur, je fus littéralement aveuglée par l'ombre. D'énormes tonneaux presque noirs accentuaient encore l'effet d'obscurité traversée par des taches roses, les moules crues et les crevettes qui, sur de petites assiettes, passaient de main en main. Au bout d'une crevette je retrouvai la rousse. Depuis que Dorotea m'avait dit de me méfier, je ne sais pas pourquoi, je la surnommais « la rousse ». Elle arrivait à l'épaule du docteur qui arrivait à la mienne quand je porte des talons hauts. Ils buvaient un jerez presque noir.

— Quelle exactitude, s'exclama-t-il. On t'attend depuis deux heures.

— Inexact. A midi, vous n'étiez même pas encore aux Beaux-Arts.

— C'est qu'il n'y a rien à voir au musée des Beaux-Arts, expliqua Constance.

Le docteur leva les yeux au ciel.

— Ah, les Anglaises ne sont plus ce qu'elles étaient ! Notre jeune amie a tout juste été capable de juger le XIXe andalou d'un kitsch inouï.

Constance chercha à répondre mais elle manquait de repartie, ou de l'agacement escompté par le docteur pour continuer à piquer. J'expliquai la cause de mon retard, alors elle fut prolixe : oncle Iñigo avait reçu la veille au soir un appel d'Ordoñez en personne pour lui faire part de sa décision avant qu'elle ne devienne publique. Quelle belle vie elle avait cette jeune Constance, au courant de tout avant tout le monde ! Le docteur me reprocha ma non-intervention dans le hall de l'hôtel. Tu aurais pu le renvoyer, suggérait-il, à l'œuvre de son compatriote, tu sais, ton ami du Rotary Club. Il se serait consolé à chaque page en découvrant que la *reventa* est une institution espagnole destinée aux Américains. Hélas pour dimanche, ajouta-t-il, ce n'est que partie remise. Antonio ne devrait pas revenir. Il se trompe, il se trompe.

— Parce qu'il est trop vieux ? demanda Constance.

— Non. Parce qu'il ne cherche désormais à se mesurer qu'à lui-même.

Il ne voulut pas en dire plus et recommença à nous taquiner.

— Je suis sûr, en tout cas, qu'il attendra pour revenir que vous ayez l'une et l'autre regagné vos patries respectives.

— Il n'a aucun cœur, fis-je remarquer à Constance. Ce n'est pas moi qui l'ai découvert. Son défaut de cœur est un fait connu et enregistré.

— Exact, fit joyeusement le docteur. J'ai d'ailleurs à ce sujet une surprise pour toi. Mais cherchons d'abord un bon restaurant.

Sur la nappe blanche il posa une enveloppe sur laquelle il avait dessiné plutôt qu'écrit mon nom. Dans l'enveloppe se trouvait une carte postale.

— Considère, s'empressa-t-il avec la fièvre qui s'emparait de lui dès qu'il s'agissait de dresser un constat, que tu as affaire à une œuvre monumentale. Les salles du palais des comtes Buenavista sont déjà grandes et elle occupe à elle seule un pan entier de mur. Considère et dis-moi s'il existe, à Londres ou à Paris, un tableau de la valeur morale de celui-ci ?

J'ai eu un mouvement de recul. La scène était barbare, mais si calmement traitée qu'on ne remarquait d'abord que ce calme maniaque. On eût dit une de ces toiles hyperréalistes où le détail est si fort qu'il supprime son sujet. Mais le sujet revint, il fit même irruption, incongru, effrayant. Pas vraiment tragique. Je me demande même si d'abord je n'ai pas eu une réaction de défense en le trouvant drôle.

— De qui est-ce ? demandai-je.

— Non. Qu'est-ce que c'est ? me reprit-il. Regarde d'abord. Regarde donc.

A gauche, debout, je vois Valle Inclán. Je sais bien que ce n'est pas l'écrivain, *le grand Ramón à la barbe de bouc,* parce que le vieillard du tableau porte une barbiche moins longue et plus réglée, et qu'il n'est pas manchot. Mais il est de la même génération, j'en jurerais, intellectuel, extravagant. Il tient un cœur sanguinolent dans la main gauche, l'autre main, au scalpel, est posée sur la table. Sur la table de dissection, aussi bien de cuisine, est allongée une jeune femme. Morte parce qu'il vient de lui ôter le cœur. C'est son cœur qu'il tient dans la main. La longue chevelure blonde encore vivante déborde et se déverse sur le drap blanc qui servira de linceul mais qui a été violé, entrouvert, par le vieillard au couteau. Le drap qui la recouvrait glisse, il cache encore ses jambes nues mais pas assez pour ne pas trahir à l'orée du sexe... La présence de Constance et du docteur me trouble comme si j'avais devant moi la projection d'une scène fantasmatique entre eux. J'ai chaud aux joues, je me suis rendu compte que la chevelure de la jeune morte n'est pas blond vénitien parce que je viens de voir que là où le drap s'arrête elle est rousse. Mon trouble m'agace.

Je vois une jeune femme nue allongée sur une table, éclairée par une fausse lumière passant par la lucarne, non, par une vraie fenêtre devant laquelle sont alignées des bouteilles, plutôt des fioles, à moitié remplies de liquides pâles, non identifiables. Cette pièce aux murs de souterrain n'est ni chambre, ni salle d'opération, ni laboratoire, ou bien justement chambre transformée en laboratoire, morgue transposée en chambre où ne pas coucher. La jeune femme vient d'être opérée, tuée, par le vieillard à barbichette et à redingote noire que le sang s'est bien gardé d'éclabousser. Un vieux docteur Mabuse de l'ère post-isabeline, terrifiant ou stupide médecin de famille, de toute confiance, s'étant exercé à la chirurgie pour rendre service. Mais service à qui sinon à lui-même? A ses soupçons de vieillard amoureux car je viens de lire au dos de la carte postale le titre du tableau, *Anatomía del corazón* et le docteur s'est écrié : « Non!

Faux titre ! Le vrai, inscrit sur la plaque au Musée, c'est : *¡ Y tenía corazón !*, elle avait donc un cœur ! » Il a donc vérifié que son amour avait un cœur en le tuant. C'est un mari vieux catholique rendu fou par la beauté de sa jeune épouse, un vieil Andalou en secret musulman, pour qui la jalousie est un acte de foi. Il faut que je demande au docteur quels rapports il entretient lui-même avec Allah puissant et grand qui profère que « l'âme est naturellement encline à ordonner le Mal ». A travers ses lorgnons cerclés de fer le vieillard peint examine sans l'ombre d'une émotion l'organe qu'il vient de retirer à une créature chérie. Il a dû le tourner et le retourner. C'est bien un cœur, rouge, et tout le sang qui allait vers et venait de lui s'est retiré sagement dans une grosse éponge qui fait pendant, de l'autre côté du tableau, sur le bord droit. Comme si le sang, très sage, n'avait pas voulu faire tache ailleurs que dans l'éponge, cœur imbibé d'émotion. Notre vieillard soigneux, précautionneux, aura fait le ménage avant d'examiner sa découverte. Le sang doit être caché dans des seaux, des baquets pleins, là, sous la table. Elle n'a pas du tout l'air d'avoir été assassinée. Ses yeux sont ouverts et sa bouche entrouverte fait oh sur son corps abandonné au macabre plaisir : ne plus avoir de cœur. Il l'avait endormie avec de l'éther. Lui non plus n'a pas l'air d'un assassin. A mon avis, sous sa redingote, au lieu dit, il n'y a rien. Il ressemble de plus en plus à un érudit qui s'abîme la vue à chercher la vérité loin de la chair. Il a une certaine allure, des biens, cela se sent, il appartient à la bonne bourgeoisie de province, barbe soignée, habits impeccables et noirs comme il sied à son âge. Ses mèches blanches sont à peine ébouriffées. Il doit tenir à sa réputation. Il a de belles mains. Le bout de ses doigts vibre posé sur le drap comme sur les cordes d'un instrument. Il aime la musique. Dans son salon la jeune femme a peut-être chanté *tus ojillos negros,* lui l'accompagnait au piano. Il appréciait le jeune Manuel de Falla parce qu'il était andalou, gaditan. Vieillard obsédé par le pire des régionalismes, la région du cœur.

— Ce tableau crie la vérité, dit le docteur.

— La vérité de quoi? De la question : as-tu du cœur?

— De la réponse, dit le docteur. Demander si on est aimé, si l'autre a un cœur, est stupide. Il faut y aller voir. Le vieillard n'y va pas par quatre chemins. Il opère. Opération mentale bien sûr. Ainsi il a la preuve que sa question était fausse.

— Et lui, se demande-t-il s'il en a un?

— Il n'interroge pas l'anatomie.

— Mais ce vieillard est bien un docteur, docteur? murmure Constance.

Enfin elle s'énerve, pensai-je. Elle s'imagine enfin sur la table d'opération.

— Je ne suis pas loin de penser, reprit mon maître, que ce qu'on fait au nom du cœur est le plus souvent criminel. Enrique Simonet, le peintre, est mort en 1927, l'année du tricentenaire de Góngora. Ce n'est pas un hasard. Il tente une résolution prosaïque, photographique, scientifique, là où seule la poésie peut trouver quelque chose. Parce qu'elle sait, la poésie, que le cœur n'est rien, que seul importe son battement — garçon ! — le rythme. Il tue cette femme pour avoir la preuve que son cœur battait pour lui.

Ce tableau me rappelait quelque chose.

— Calderón toujours, souffla le docteur, *Le Médecin de son honneur*.

Et se tournant vers Constance :

— Près de Séville, un mari héberge le roi d'Espagne et l'infant don Enrique qui est tombé de cheval, il leur offre l'hospitalité...

Sa voix devenait quasi inaudible, fatigue, ennui, ou signe de cette surdité qu'il ne voulait pas admettre et qui gagnait sans cesse. Constance était pratiquement couchée sur la table pour entendre.

— ... persuadé que sa jeune femme ne va pas résister au désir de l'infant épris d'elle depuis des années... pleine nuit... chercher le médecin barbier et après lui avoir bandé les yeux... la belle jeune femme endormie... le barbier ne comprend pas... demande ce qu'il doit faire... et l'époux de façon terrible : LA SAIGNER !

— Et alors ?

— Le barbier la saigne jusqu'à ce que mort s'ensuive. Garçon !

— Ces passions font horreur.

Constance, pâle comme si elle allait s'évanouir, s'était caché le visage dans les mains.

— Horreur ou honneur ? lui demanda-t-il avec violence. Nous avons bien saigné l'Espagne pour ne pas la livrer vivante à Franco. L'honneur était un code tragique. Aujourd'hui la tragédie se joue sans code, partout, sans règle, sans foi.

— La foi, demanda-t-elle encore, est-elle une passion ?

Il haussa les épaules et en réglant l'addition murmura quelque chose d'inaudible sur ce qu'on enseigne dans les universités anglaises. Je mis le tableau dans mon sac. On sortit du restaurant.

Quand je lui pris machinalement le bras sur le Paseo je ne sentis rien d'autre que sa manche.

— Je vais faire une petite sieste, dit-il, comme Indio. Il faisait toujours une petite sieste avant la corrida, après il se douchait et il choisissait son costume.

— Il ne disait pas qu'il faisait la sieste, précisa Constance de son air renseigné, il disait qu'il méditait.

Chères méditations entre les cils.

Le docteur avait disparu. Par la petite porte, l'escalier, l'ascenseur ? Il s'était escamoté. Constance eut l'air désappointé d'une jeune fille que son cavalier abandonne après un tour de piste. C'est cet art de la fuite qui transformait toute conversation avec lui en échec. Pédagogique s'entend. On ne devait rien attendre de lui sur ce plan-là. Sa haine de la conclusion trouvait un allié dans le paradoxe qui fait semblant de conclure à l'envers mais court toujours une fois lancé. Je tentai d'expliquer à Constance — nous nous étions réfugiées dans le bar désert à l'heure de la sieste, nous nous rafraîchissions les mains aux grands verres d'orangeade où il y avait plus de glace que d'oranges — qu'elle ne devait pas tout prendre au pied de la lettre. Elle était prête à tout noter, à faire son Evangile du moindre énoncé. Son admiration avait quelque chose d'enfantin quand elle comparait avec un feu d'artifice où la belle bleue fait oublier la belle rouge. Elle se lamentait de ne rien retenir de ce qui éblouissait ou causait de l'effroi. Elle croyait suivre et, pfft, elle se retrouvait au pied d'un mur aveugle, en plein ciel ou devant rien. Alors elle se retournait, redescendait, repartait vaillamment vers une autre direction et puis à nouveau, pfft, le sentier bifurquait. Je retrouvai, en la lui décrivant, ma technique d'autrefois quand je voulais aussi tout retenir, la technique de Petit Poucet.

— Suivez les mots, lui conseillai-je, comme des cailloux blancs et vous retrouverez l'itinéraire. Vous devez savoir que son maître est saint Isidore de Séville pour qui l'étymologie est un savoir confirmé, un art, une intuition. Il invente et il n'invente pas à partir des mots qu'il enchaîne. Si vous retenez les maîtres-mots vous aurez l'idée maîtresse. A partir du vocabulaire vous retrouverez la syntaxe, et puis le sens, sinon la direction. Mais si vous vous accrochez à un bout de phrase saisie au vol en croyant pouvoir reconstituer un raisonnement qui vous conduirait à quelque certitude, vous serez toujours trompée.

— C'est ce qu'il veut.

— Non, il cherche à détromper. C'est pourquoi il a besoin des illusions. C'est pourquoi il défend les apparences.

Les apparences faisaient déborder cet instant. J'étais remplie de ce qui s'offrait à ma vue, des oranges toutes nées sur le même oranger, des taches de rousseur toutes venues sur le visage de la même jeune fille. Elle cherchait son crayon dans le filet à provisions où elle transportait aussi une brosse à cheveux verte, un carnet à élastique et un roman de Cowper Powys que je n'ai pas lu. Une jeune fille! Ce mot renaît tout neuf d'en avoir une devant moi. Le siècle a soulevé depuis longtemps ses dominos d'innocence et ses humeurs inquiètes mais cette heure de sortie dans le monde que sonnait encore pour ma génération l'heure de sortie du lycée, j'ai l'impression que Constance n'a jamais eu à l'attendre, qu'elle a toujours vécu dehors. Fille chérie, de ses parents, peu importe, mais de l'espace et du temps dont elle fait avec ceux de son âge strictement ce qu'elle veut. Comme avec l'amour ou l'argent. Peuplant les couchettes des trains qui traversent l'Europe, les charters qui volent aux Amériques ou aux Indes, avec un filet à provisions, un sac sur le dos ou une valise à fausses initiales, des cheveux qui frisent pour la pluie, des adresses griffonnées plein les poches, un peu d'herbe dans un mouchoir et jamais une larme. Génération impénitente! A-t-elle noté le nom de Simonet après ceux de quelques Irlandais morts de son âge? *Sur* en dressait la liste ce matin. Je m'égare, où donc ai-je la tête? Constance assise en face de moi n'appartient pas du tout à cette internationale de la jeunesse qui m'en remontre. Pas du tout puisqu'elle a, pris entre les mailles de son filet, un crayon et un petit carnet. Comme un vieil esthète pourrissant. Plutôt un cas unique. Oui, dans cette ineffable robe nationale couleur carotte qu'elle a préférée au blue-jean du premier soir, avec son crayon et son carnet, elle ne fait plus du tout partie du mouvement. Alors qu'est-ce qui la fait lire, interroger le docteur ou Cowper Powys, recopier, j'ai aperçu des guillemets, des majuscules, leurs belles idées ? Qu'est-ce qui la sépare des jeunes maîtres qui n'ont pas de maîtres ? Quelle céleste séparation l'empêche d'être au monde avec eux et lui fait choisir notre compagnie ? Pourquoi pensai-je nous, qui donc est l'autre ? Me serais-je mise du vieux côté ? Qui fait un avec moi, le docteur, mes années, *Wolf Solent* ? Et Constance, sur quelle céleste rambarde est-elle penchée, à l'affût du monde passé, à venir, dont nous détiendrions...

— Je suis préoccupée, dit-elle enfin. Depuis plusieurs nuits... Mais puis-je vous parler, n'allez-vous pas m'en vouloir ? Il s'agit d'Indio.

Je n'eus pas à répondre. Le docteur à pas pressés s'avançait vers nous, envoyant magiquement se promener la rambarde, car c'était l'heure d'y aller.

A sept heures de l'après-midi, nous ayant offert deux coussinets, il s'assit entre Constance et moi, file 1, tendido 7. Entre sa paire d'ailes, comme il nous désigna, qui frémissions d'impatience. Elle, parce que c'était sa première corrida. Emportée par les couleurs, la rumeur, la nervosité de la Malagueta, je retrouvais ma croyance en la vertu du manque. Défaut, manque, absence, éloignement, il n'est rien qui ne revienne.

Les joies mêmes repoussent sans leur cause. Sans raison digne. J'appelle digne ce qu'on croit lié aux êtres. Or ces êtres on les perd en route, il ne reste plus d'eux que des endroits, des choses, et c'est tant mieux. N'étais-je pas mieux ainsi, sans les donateurs, libre, dans cet extérieur rond et souverain ?

Il n'y avait pas l'affluence des grands jours et quand la musique se mit à jouer des places au soleil restaient vides. Ah que j'étais contente, à sept heures et demie du soir, entre un docteur métaphysique et un inconnu qui n'avait que son poids de chair. Et de pouvoir me concentrer toute en avant, dehors, sur les trois petits hommes brodés qui avançaient le regard fixe, le pas décidé, vers la présidence, suivis d'une escouade écervelée qui tournait la tête à droite à gauche pour sentir le public.

— Le vieux, au bout, c'est Márquez. Non, pas *Cent ans de solitude* (Constance faisait déjà le rapprochement), juste cinquante. Il a eu son heure de gloire en 68. Non, pas en mai. Cette année-là il a bien toréé cent cinquante fois entre le Mexique et l'Espagne. Aussi absurde que d'aller cent cinquante fois à la messe un dimanche. Il s'était arrêté et voilà qu'il a décidé de revenir, à Madrid, pour la San Isidro, avec des taureaux de Victorino, de vrais taureaux, pas comme ceux de Romero ou de Cubero. Il s'est bien comporté. Ici on l'aime parce qu'il est natif de Fuengirola et on porte aux nues les frères Ortiz, Manolo et Pepe, qui posent les banderilles à l'artiste. C'est dans le tempérament andalou. Au milieu, en violet, avec des broderies noires, un extraordinaire, gitanissime torero, Paula, Rafaël de Paula. La première fois que je l'ai vu, dans la petite arène de Vista Alegre, à Carabanchel, il a demandé aux musiciens de ne pas jouer, et j'ai entendu, pour la seconde fois de ma vie, la musique silencieuse, la musique tue, comme dirait Mallarmé, du toreo. L'art de Paula est musique, lumière mentale, irréductible au seul habit de lumière. En ce moment il est gêné par sa main gauche qui a reçu un mauvais coup de corne, autrement c'est le maître incontesté de la naturelle. Le dernier, oui, l'olivâtre si tu veux, c'est Curro Romero. Egalement admirable mais ici incompris. On juge avarice son économie de mouvement. Tu entendras dire qu'il est si avare de ce qui lui reste qu'il le dépense au compte-gouttes. Pure calomnie. Mais parfois, comme les grands, il a peur. Le public le sent, un Andalou ne comprend rien à la peur, il la juge couardise, il ne conçoit pas que le vrai courage se mesure... (les clairons claironnèrent)... et qu'il ressent la pire, celle d'avoir peur de soi-même.

Le premier taureau se précipitait dans l'arène.

Constance ne supporta pas sa mort qui fut honteuse et triste. Elle se leva sous la grêle de quolibets qui s'abattait sur Romero, le vouant aux gémonies ou à la retraite. Le docteur ne se retourna pas sur elle, n'agita même pas la main pour dire au revoir. Il observait l'air défait, absent, de Romero, son teint encore plus vert où il décelait la peur de sa propre peur. Romero paraissait sourd, aveugle, aux gestes hostiles qui accompagnaient les sifflets, il demeurait figé sur ses ronds souliers noirs, pas loin de la barrera mais incapable de franchir l'espace qui l'en séparait, occupé à autre chose qu'à mettre une barrière entre lui et le public, lui et l'humiliation. S'il avait franchi cette barrière il eût été à l'abri, perdu parmi les autres qui s'affairaient déjà pour l'entrée du second taureau, le tumulte se serait apaisé. Mais il était bien trop occupé par un cataclysme interne pour bouger. Cette immobilité n'était pas un défi, pas de l'orgueil, et le châtiment qu'on lui infligeait en acquérait de l'obscénité. Obscène aussi le regard de l'observateur, fût-il allié.

Ils étaient plusieurs à guigner « la place de la touriste », à miser sur son dégoût. Un vieux en espadrilles fut le plus rapide. Il était gros et le docteur en l'accueillant avec un large sourire se serra contre moi.

Rafaël de Paula ne put rien faire. Son premier taureau était une mule, le second attaquait la tête haute et ruait encore plus haut. Le docteur et le vieux furent parmi les rares à applaudir la froideur avec laquelle le matador, ayant observé la bête, renonça à poursuivre et la tua d'un coup d'estoc rapide et sec. Márquez, le vétéran, comme prévu, fit un triomphe.

Nous revînmes par le Paseo et je fis part de ma réprobation au docteur. Cela m'étonna moi-même car j'éprouve rarement le besoin de marquer mes désaccords. Surtout avec un esprit fort comme le sien. Parce que je ne cherche pas le différend, que je ne sais pas l'exprimer, plus exactement le raisonner. Les arguments de l'autre m'intéressent a priori davantage, étant neufs, que les miens, rares et dispersés. On dirait que j'apprends toujours. Je continue d'apprendre pour ne pas avoir à retenir et que tout soit à recommencer. Si je suis de mauvaise humeur, quand l'autre expose, je cherche l'argument qui lui coupera l'herbe sous le pied, je cherche obstinément, je ne trouve pas, il croit que j'écoute avec passion. Si j'écoute sans chercher on peut croire que je m'ennuie. Je m'ennuie comme Indio. Je deviens triste. Je ne suis jamais sûre que ce qu'on me dit est vrai, sauf si on le répète quatre fois. Si on me décrit une situation lointaine, africaine par exemple ou latino-américaine, j'ai tendance à me laisser convaincre, alors que tout ce qui touche à l'Europe me plonge dans le doute, donc la mauvaise humeur. Je suis comme déterminée géographiquement. Si l'objet est philosophique c'est encore pire. Comme je n'y vais jamais voir... Léonard interprétait mon recours à l'ignorance comme une parade. Il m'avait montré dans le dictionnaire les huit parades correspondant aux huit positions d'escrime. Je ne passais jamais à l'attaque, je ne savais que rompre. Ou dire : restons-en là. Il se fâchait, il mettait cette fausse conclusion sur le compte d'une fausse soumission, d'une incapacité à faire face. Les situations tendues, serrées, d'affrontement, lui plaisaient. Quand l'un est là pour gagner et l'autre pour perdre. Selon lui je faisais exprès de transformer tout débat en scène de ménage, rien ne m'apparaissant plus ridicule et esthétiquement informe que la scène entre deux êtres qui se connaissent par cœur. Mais le débat d'idées est pour moi physique, un corps à corps où je peux perdre l'intégrité du mien. J'ignore le côté rituel de la « scène », son éclat salubre. Oui, je crois que la discussion violente ressemble à une scène de ménage et je n'ai pas envie de la jouer. J'arrive certes à lancer des piques, à me fendre brillamment, mais contre plusieurs, en société. Cela dit, je suis en train de changer. Il me tarde presque de faire une scène. Je tentai donc de mettre au courant le docteur de ma réprobation. L'humiliation de Romero, publique, me renvoyait à celle de Constance se voyant refuser, quand elle partait, la main du docteur, se retournant une dernière fois dans l'espoir qu'il lui adresserait un signe et surprenant l'accueil souriant au vieux en espadrilles. Il n'y a aucune raison, affirmai-je, de trouver moralement supérieur l'étranger qui, assistant pour la première fois à une course de taureaux, est bouleversé et reste, de celui qui est bouleversé et sort.

Il se fâcha net. Se fâcher consistait à marcher très vite et à s'arrêter brusquement, ce qui oblige l'autre à courir et à freiner, en parlant si bas qu'il vous obligeait non seulement à coller contre lui pour entendre, si on souhaitait entendre, mais à allonger démesurément le cou pour se trouver sous le visage d'un vieillard féroce.

Et d'abord que signifiait, en l'occurrence, ce terme d'étranger ? On avait tout dans l'esprit, rien dans le sang. Que les Anglais, et sur la lancée les Français, les Américains, les Russes, les Espagnols, ne se sentent étrangers nulle part, leur empire colonial l'a prouvé et le prouve encore. Qu'il est dérisoire de parler de première fois comme s'il s'agissait de l'apprentissage d'une habitude. Qu'il s'agit bien davantage d'une annonciation, d'une défloration, d'une fois unique qui révèle aussi bien la nature du visiteur que du visité.

La première fois où l'homme blanc a vu un Noir il l'a pris pour du bois d'ébène. La première fois où il a vu un Rouge il l'a pris pour un singe. L'Indien, lui, a pris l'homme blanc pour un dieu. Qui est le plus noble des deux ? Cette première fois a déterminé des siècles d'histoire, et alors le monde était inconnu, les uns et les autres avaient peur, tandis qu'aujourd'hui...

Il sortit de sa poche un grand mouchoir blanc qu'il agita avant de s'en servir comme s'il parlementait avec un ennemi invisible.

— ... tandis que la tauromachie pour les Anglais, c'est le théâtre grec pour les Allemands : un sujet d'études ! Trois rayons de la bibliothèque d'oncle Iñigo ! Est-ce que Constance a mal au cœur quand elle voit Médée égorger ses enfants ? Pas du tout. Elle reste sagement assise à sa place parce que Médée est une actrice qui n'égorge pas réellement ses enfants. Le matador, lui, tue son taureau, quand il n'est pas tué par lui. Si l'étudiant ne peut pas supporter l'objet de son étude à vif, Dieu, taureau ou conscience, qu'il lâche ses études !

La trêve était terminée. Reparti à l'assaut il pourfendait la douceur du soir et ma pusillanimité. Que l'homme est parfois conduit à tuer. S'il est un homme il ne cherche pas cela, mais s'il le trouve, si cela vient à sa rencontre, s'il peut ainsi sauver sa liberté, son pays, sa famille, il doit être capable de tuer. Si Constance est incapable d'affronter sans nausée la victoire de l'homme sur la bête, en quoi sera-t-elle utile au monde, dis un peu ?

— En rien, soupirai-je malgré moi.

Et mon soupir fit revenir le calme.

— La corrida, reprit-il avec aménité, est un art, un jeu, mais contrairement aux autres arts elle ne simule ou ne représente rien, elle le fait. Elle n'incarne pas les ténèbres vaillantes de l'instinct, elle est le monstre, elle est l'esprit. Au moment justement dit de vérité, quand pour bien tuer, vite comme la foudre, Paula, Márquez, n'importe quel honnête torero, encourt lui-même un péril mortel car il s'approche sans leurre et, remarque bien, c'est la seule fois où l'homme s'approche sans leurre, quand il se place de pied ferme entre les cornes pour estoquer, eh bien le vieux qui se trouvait à la place de Constance a crié à Romero : « Curro ! prends donc une photo pour apprendre comment on fait ! » Injure analphabète très intéressante car elle confond la technique et le courage. Ce n'est pas sur une photographie qu'on apprend à ne pas trembler. Si on tremble, on ne tue pas et on est mort. La corrida prouve qu'en certaines circonstances l'homme ne peut pas se permettre de trembler. C'est une école de volonté qui relève d'une technique, comme l'extase, à l'opposé, relève d'une technique de la souffrance.

Nous étions de nouveau au bar du Malaga Palacio et j'étais sans réplique, convaincue une fois de plus, quand il me désigna deux hommes qui discutaient à une autre table.

— Ils ne te rappellent rien ? Ils étaient déjà là le soir de ton arrivée. Un peu plus tard un troisième arrive. Ce sont des antikhomeinistes. Ils conspirent. Appartiennent-ils au mouvement Azadejan ou sont-ils des Moudjahiddine Khalq ? L'avenir le dira. Mais que font-ils en Andalousie ?

Ce ne fut pas le troisième Iranien qui arriva mais le père jésuite que le docteur attendait pour aller dîner avec lui. Padre Miguel était un fort bel homme, en costume de ville, avec une petite croix comme un badge sur le revers de son veston. Un peu l'allure de Favre d'Argère. Au bout d'un moment je les laissai conspirer ensemble.

Constance téléphona d'Estepona, comme à sa gouvernante, pour que je la console d'avoir quitté l'arène et fâché le docteur. D'un ton péremptoire je la repris sur le verbe « fâcher », expliquai qu'il s'agissait de tout autre chose et me fis un plaisir de lui répéter mot pour mot le discours du docteur. Et quand elle fut sans réplique, défaite, imaginais-je, au bout du fil, je m'enquis gentiment de la façon dont elle passerait la soirée. Elle se préparait pour la fête du Don Carlos, l'hôtel qu'on inaugurait à Marbella. Il y aurait Paloma Picasso, le duc de Cadix et autres célébrités. Elle s'en plaignait, évidemment. Elle était agaçante à la fin !

Je sortis. Dans une rue qui sentait la friture je commandai du poisson frit et du vin blanc. Puis je rentrai. Je commençai une lettre à Dorotea où Constance était une mondaine, le docteur un jésuite, et puis je la déchirai parce qu'elle n'était qu'un état d'âme. J'avais terriblement sommeil.

Réveillée tôt comme autrefois j'allai rôder autour du Miramar. J'essayai de trouver par où passer pour m'en rapprocher davantage mais le jardin était fermé à clef. Du côté de la mer on ne pouvait guère que monter sur le rebord des grilles et, en s'accrochant à elles, en se hissant sur la pointe des pieds, tenter entre les feuillages d'apercevoir les terrasses. Ma première nuit d'août en Espagne, le premier été que nous passions ensemble, j'avais dansé sur ces terrasses avec Indio. Ma mère l'avait enfin autorisé, je venais de passer mon baccalauréat. Elle m'avait même acheté une robe noire décolletée dans le dos jusqu'à la taille. Lui m'avait offert un collier qui avait appartenu, disait-il, à sa mère. Les autres femmes m'enviaient. Elles le suivaient du regard et s'arrêtaient sur moi, calme et tranquille entre ses bras. Il avait posé sa joue contre la mienne. Il sentait la citronnelle. Il ne dansait qu'avec moi, comme si je le leur avais définitivement pris. Le chignon édifié par le coiffeur de l'hôtel, dans lequel était glissé un jasmin, il le défaisait en disant que les femmes sont plus belles les cheveux dénoués. Je le revois, le jasmin blanc entre ses dents blanches. Je sens ses mains en train de défaire mes cheveux et provoquant sur mes épaules une petite pluie d'épingles. Le garçon en débouchant du champagne avait fait tomber quelques gouttes sur ma robe. Il m'apprit que le champagne ne tache pas et qu'une goutte derrière l'oreille porte bonheur. Qu'il était beau et charmant, comme j'aurais dû l'aimer alors ! Mais je le jugeais inconsistant. Aurais-je préféré qu'il me parlât de Goethe, de Spinoza, de mon avenir ? L'avenir n'existait pas pour lui, c'était le temps où il devrait porter des lunettes. A notre table il y avait d'autres gens. Iñigo, le docteur ? Non, le docteur je l'avais rencontré l'été suivant. L'orchestre jouait *Cuando calienta el sol* et *Me gustas tú y tú y nadie más que tú* et moi, sur la plage de la rengaine et dans le toi, de toi, de rien d'autre que toi, je mettais un sinistre garçon à semelles de crêpe qui me faisait souffrir et qui venait d'entrer rue d'Ulm.

De ce Miramar je passai à un autre, lui aussi fermé, ou transformé, ou détruit, je ne sais, et de ce garçon qui ne voulait pas de moi à un homme auquel j'avais promis... mais oui ! j'avais promis, comment se fait-il, moi qui tiens toujours mes promesses ! Je me souviens que je le lui avais promis. Il m'écoutait intensément, ses yeux brillaient, peut-être de larmes, et sa petite moustache tremblotait sur ses lèvres.

— Tu as connu un certain Pepe Quatrecases ?

— Non. Un Catalan ?

— Et son frère, Antoní Quatrecases, ça ne te dit rien ?

— Ah si. Il doit enseigner à l'université de Barcelone. Il a publié de bons poèmes en catalan.

— Ce Pepe est son frère. Un ami de Cristina.

— Ah.

On se promenait dans l'Alcazaba.

— Incomparable, disait le docteur. Incomparable de pauvreté. Ici, tu comprends, les Arabes concevaient tout à partir de l'eau. Il ne passerait jamais par la tête de l'alcade le plus bête de Grenade de couper l'eau des fontaines de l'Alhambra. Eh bien c'est ce qui se passe à Malaga. Je veux bien que l'Alhambra soit un chef-d'œuvre infiniment plus estimable que cette pauvre forteresse, mais enfin elle n'est pas si mal et si on faisait courir l'eau on retrouverait l'intelligence de sa construction. Au lieu de ça, regarde un peu, les rigoles sont vides, les bassins à sec, les fontaines inutiles, plus rien ne bouge, plus rien ne chante. Il resterait la vue, la vision de la mer, si tous ces buildings pouvaient sauter ! L'activité du port s'est réduite. Les pêcheurs n'y débarquent plus le poisson, toute la flotte est à Cadix. Regarde, il n'y a plus qu'un bateau soviétique de plaisance ! Le *Tarass Chevtchenko.*

— Tu inventes ou tu as la vue de l'aigle ?

J'enfilai mes lunettes. C'était bien le Tarass Chevtchenko. Il fit la grimace.

— Tu ressembles à mon institutrice française.

— Celle à qui tu expliquais si bien la différence entre les deux verbes être espagnols qu'elle traduisait : je pense donc je trouve ?

Il en riait encore.

— C'est comme ça qu'on crée des systèmes.

— Toi tu renverses sa proposition et ça donne : je trouve donc je pense.

— Très bien. Tu peux garder tes lunettes.

On commença à redescendre. Le gardien du musée parut déçu. Il était pourtant presque sept heures.

— Sais-tu pourquoi l'hôtel était si calme ce matin ?

— Si calme ? reprit-il, l'air ahuri.

— Oui, c'est le garçon d'étage qui me l'a expliqué : tous les trois reposaient.

— Ou ce garçon est sourd ou il n'a vraiment pas quitté son étage, et il mérite son nom, parce qu'au mien il y avait le fou de Cordoue et c'était la foire. Il a joué de la guitare, il a signé des autographes, il a accordé une bonne douzaine d'entretiens, il y avait la radio, la télévision, les femmes, il ne manquait que Dorotea. L'attroupement était tel devant le 909 que les Iraniens ont fui par l'ascenseur de service comme s'ils craignaient une descente de police. Maintenant il se compare à Picasso. Rodriguez qui a fait l'entretien pour *Sur* en est sorti stupéfié. Il n'en croyait pas ses oreilles : El Cordobés compare son saut de grenouille à un dessin de Picasso. Il est un créateur génial et méconnu. Et tu ne te figures pas ce qu'il nous prépare ! Comme il ne sait toujours pas lire ni écrire — ce que je ne saurais lui reprocher — il a décidé de se lancer dans la chanson. Il va nous raconter sa vie en chansons, composer lui-même les paroles et la musique. *O Toro mi... O.* Julio Iglesias n'a plus qu'à s'acheter un habit de lumière et à aller faire un tour dans l'arène. Il a également déclaré (il est resté très simple malgré son immense richesse) « la célébrité est une loterie et j'ai touché le gros lot ». Tu ne trouves pas que ça sonne déjà comme un tube ? Il l'a piqué dans un corrido mexicain. Non non, ce soir tu vas seule à la Malagueta.

Et effectivement je m'y retrouvai seule.

L'épée madrilène ne donna que quelques aperçus de son art. Je retrouvai avec émotion sur le visage d'Antoñete cet air tendu, pas si différent de l'extase dans laquelle sont plongés les gentilshommes du Greco auxquels il ressemblait. Antoñete dont le passé avait tracé une longue mèche de cheveux blancs, bien tirée et retenue dans le chignon de la coleta, avait atteint une telle sérénité dans la contemplation de la bête que, s'il avait servi de modèle à un peintre en cet instant, son portrait eût été celui d'un homme absent, transporté tout entier dans l'objet noir de sa méditation. Après, je soupirai d'aise que le docteur n'eût pas daigné m'accompagner. En sa compagnie je n'aurais pas osé m'abandonner au prodige car le Cordobés en était un. Je concevais que les aficionados soient atterrés mais la foule, et quand on y est on lui ressemble, était au septième ciel. Je n'avais de ma vie assisté à une corrida comique. J'en avais vu de honteuses, de médiocres, d'admirables, j'y avais entendu des tonnerres de sifflets ou d'applaudissements mais jamais ce tumulte enfantin qui accompagnait les prouesses du Cordobés, ces oh, ces ah, ces encore, ces rires, ces bravos suspendus en mains jointes qui vite se reprenaient à battre, toute cette agitation sonore aux moments mêmes qui depuis des siècles suscitent le silence. Et le silence ayant fait une timide apparition il se trouva quelqu'un pour crier au chef d'orchestre qui se taisait : « Jouez-nous donc, s'il vous plaît, maestro, une de ces gracieuses musiques de Malaga... » L'orchestre aussitôt se mit à jouer. L'art héroï-comique du Cordobés transgressait les règles mais sa force venait de ce qu'il les connaissait. Des faenas de la plus pure orthodoxie alternaient avec ces extravagances dont il proclamait qu'elles étaient création. D'une seconde à l'autre, on passait de la cérémonie à la farce. Profitant de la noblesse de sa bête il accomplissait avec elle des passes d'une précision parfaite et puis, voyant que le taureau perdait ses forces, il commença à faire le clown, se mettant à genoux, virevoltant sur les talons, sautant comme la grenouille, touchant les cornes du taureau puis lui montrant carrément son petit derrière or et vert. Gai, content, ivre, il entrait en transe burlesque et l'arène s'enivrait de voir un homme perdre la raison au point d'oublier qu'il risquait sa vie. Mais à l'instant ultime il cessa d'être Matamore et, dans un éclair de lucidité, plongea mortellement l'épée.

A la mort de chaque taureau on se lève pour applaudir, siffler ou se dégourdir les jambes. La tête aussi perd de sa fixité, elle se met à chercher, à picorer un peu partout. Moi je profitai d'une pause pour dévisager, plus haut, à droite, un garçon dont je sentais l'attention posée sur moi pendant la course. Comme s'il trafiquait l'arène pour qu'elle ne fût plus ronde et que du côté gauche mon profil la fermât. Sa mine de papier mâché parmi les gens ensoleillés me plut. Il pinçait les lèvres de façon grognonne en même temps que son regard croisait tranquillement le mien, sans gêne et sans forfanterie. Je crois que la tranquillité de son regard provenait de sa myopie, qu'en fait il ne voyait rien sans ses lunettes, car il les remit pour le taureau suivant. Une sorte de ressentiment à son égard m'envahit. S'il était seul, comme moi, pourquoi n'était-il pas curieux, pourquoi ne me parlait-il pas ? S'il me regardait j'avais envie qu'il me désirât. Etais-je seulement désirable ? Il avait peut-être l'âge de Constance. J'aurais donné cher pour obtenir un rapport de moi vue de l'extérieur, particulièrement par un jeune homme, mais on ne peut rien leur demander. Je ferais mieux de m'adresser à un mage.

Mécontente de moi, de mes cheveux noués, de ma robe qui bâillait quand je me penchais, je ne vis à peu près rien de la faena de Manzanares qui dut être bonne puisqu'on lui accorda une oreille.

A la sortie je crus que ce garçon me suivait sur le Paseo. Oui, il s'approchait de moi. J'imaginai qu'il n'y aurait pas d'entrée en matière, quel enfantillage, qu'il prendrait mon bras, que nous irions boire ensemble et parler de sa mauvaise mine. Disparu. Il avait déjà obliqué par les jardins. Je savais où le retrouver, debout devant le bassin aux nénuphars, en train de contempler les canards et les cygnes noirs à bec rouge, tout aussi maussadement.

Revenue dans ma chambre, nostalgique du je-ne-sais-quoi, j'ouvris la fenêtre et m'allongeai sur le lit. Là devant, entre les flottements de l'ombre et de la chaleur je vis, projeté au loin dans l'encadrement d'une autre fenêtre, un autre jeune homme penché. Il me tournait le dos. Il portait des bas blancs, une culotte noire qui s'arrêtait au genou, une chemise blanche qui flottait autour de lui. Ses cheveux longs étaient noués comme ceux d'un marquis, à moins qu'il ne portât perruque. Penché à cette fenêtre claire — pour lui il faisait jour — il avait la grâce d'une fille habillée en garçon. Pourtant j'étais sûre qu'il ne s'agissait pas d'une femme. Une gravure romantique sans doute, peut-être le portrait d'un jeune Goethe? J'avais vu quelque part cette image, on me l'avait même envoyée dans une lettre. Elle chassait le vœu coquet, irréalisé, d'être moi-même penchée à cette fenêtre et regardée de dos par un jeune homme qui se serait magnifiquement trouvé étendu sur le lit de ma chambre. Et qui m'aurait appelée, envieux du paysage lacté dans lequel je m'éloignais suivant le dessin des premières étoiles. J'entendis alors derrière moi — derrière il n'y avait rien que le mur — une voix de remontrance qui appelait l'image, interrompait son vague plaisir solitaire, une voix à l'autorité puérile, où perçait l'agacement. Je reconnus ma propre voix, autrefois, qui appelait : Indio, tu viens ?

C'était bien moi, agacée qu'il demeurât si longtemps dans l'embrasure des fenêtres. Il avait l'habitude d'ouvrir grand devant la mer ou la campagne en été, il se tenait là debout des minutes entières. En hiver il restait derrière la vitre. Il ne pouvait voir que d'autres fenêtres à la hauteur où il se trouvait, à Londres ou à Madrid, le haut des arbres ou les nuages. Et je rompais son enchantement. Après le petit déjeuner, dans son pyjama bleu, ou quand il avait fini sa toilette et déjà boutonné sa chemise, sauf le col, parce qu'il n'avait pas encore choisi sa cravate, ou bien quand nous rentrions d'une visite, d'une excursion, et qu'il se retournait, à peine rentré, vers l'extérieur. Alors il se promenait autrement, sans bouger, sur les choses fortuites. Il s'installait devant ces petites révélations du monde que proposent les fenêtres. Comme nous y allions ou que nous en venions cela me paraissait une redondance, une preuve de plus de son inadéquation au réel. Puisque nous allions sortir, puisque nous venions de rentrer ! L'idée ne m'effleurait pas qu'en l'interrompant je brisais son objet vague et heureux. Il sursautait comme s'il était pris en flagrant délit d'absence, de rêverie, que sais-je ? Absent de lui pour n'être plus qu'un peu d'écume là-bas sur la mer, une branche que le vent secoue avec violence, rêveur qui s'en allait flotter loin de son corps debout, abandonné. Que j'étais importune, réaliste, énervée qu'il retardât ainsi le moment de se jeter dans sa vie intérieure alors que je soupçonnais déjà la mienne de ne pas exister. Hérédité ! Mais alors je n'en démordais pas, j'avais vingt ans, les jours étaient des « travaux et des jours » et lui par paresse ou par oisiveté planait au-dessus d'eux. Je passais à l'attaque : nous ne verrons encore rien aujourd'hui ! Ou : as-tu terminé le livre ? que voici plus de quinze jours je lui avais offert et qui n'était pas coupé au-delà de la vingtième page. Incapable d'imaginer qu'il se trouvait à sa fenêtre aussi loin qu'un Siméon Stylite, que de merveilleuses pages non écrites passaient alors devant ses yeux et que je tombais de tout mon poids dans un vide fertile, ou simplement une méditation. Et s'il fleuretait alors avec son être ? S'il s'entretenait alors avec une voix que je faisais s'enfuir et qui fuyait, patiente, devant mon impatiente station devant la porte ? La porte qui donne sur le couloir et le couloir sur la rue dans laquelle, pieds nus et sa gitane entre les lèvres, il semblait si peu pressé de marcher. Nous n'habitions ensemble le plus souvent que des chambres d'hôtel. On n'y peut que lire ou dormir, pensais-je. Vivement descendre, retrouver la vie ! J'éprouvais une sorte de condescendance envers ce jeune homme éternel qui la veillait de loin. La blancheur de ses bas, il n'était plus pieds nus, gagnait lentement ses cheveux et il ne se retournait toujours pas. Je n'avais pas cru à temps à sa sagesse. Le comparant une dernière fois à cette image romantique, longtemps caressée, du jeune Goethe à la fenêtre (qui fuyait peut-être sa table de travail) je jugeai mon père qui ne fuyait rien et allait librement vers d'autres affinités électives, battements d'ailes ou de feuilles, plus joyeux et plus sage.

J'eus un mouvement de révolte contre la litanie des reproches plaintifs de ma mère qui m'avait prévenue contre lui. Aurait-elle supporté que je l'aime autant qu'elle avait cru l'aimer ? Ce plus d'amour accentué par la souffrance et la jalousie était son privilège. Me placer le plus loin possible derrière elle sur le chemin qui menait à lui avait été sa revanche. Maintenant qu'il n'était plus qu'une ombre, je pouvais hâter le pas, la dépasser. Un élan pieux me prescrivit de l'appeler pour prendre de ses nouvelles en ne donnant pas des miennes qui changeaient à toute allure. Elle ne devait pas savoir que je me trouvais à Malaga, elle se serait doutée de quelque chose. Pour elle je me reposais en Espagne.

Par chance elle était sortie. C'est Germaine qui répondit. « Sissi est sortie », annonça-t-elle avec sa bonne voix chaude du Midi. Ce surnom qui convenait si peu avait sur moi un effet comique et sentimental rassurant. « Elle est avec son associée. Elles font l'inventaire du magasin et après elles vont dîner ensemble. Parce que je l'ai enfin décidée à partir en vacances. Demain on met la voiture sur le train et on part à Antibes. » Il fallait soigneusement cacher le mariage à Porquerolles sinon Germaine, avec sa bonté perverse, aurait tôt fait d'y mener Maman pour une apothéose de réconciliations.

De nouveau réveillée tôt, ce qui était bon signe, je sortis prendre mon petit déjeuner favori, *chocolate con churros,* et, de retour, je fis un brin de causette avec le portier. Le docteur était en rendez-vous avec un journaliste, sur la terrasse.

— Mon jeune ami...

Il s'adressait à un type plus si jeune qui, au cours de l'entretien, se mit à transpirer à grosses gouttes en ôtant et en remettant ses lunettes.

— Ce que vous demandez est assez délicat. Je vais vous expliquer pourquoi. Rafaël est andalou, comme moi, poète, comme moi, il a été exilé politique, comme moi, et il est politiquement rentré, comme moi. Impossible que ces ressemblances vous aient échappé, c'est même à cause d'elles que votre journal me demande par votre intermédiaire d'écrire cet article sur lui. Sa vie, son œuvre. On espère, n'en doutez pas, que je serai polémique, que je voudrai me distinguer ou me débarrasser de ce double encombrant et plus célèbre que moi. Par ailleurs vous me dites : sa vie, son œuvre. On n'écrit ce genre de bilan qu'à la mort de quelqu'un. Je vois, je vois, vous êtes un jeune homme studieux et ambitieux, licencié en droit ou en lettres, vous débutez dans la profession, vous devez faire vos preuves et on vous a chargé de remplir le *frigidaire.* Vous savez qu'en France on nomme cette pratique le frigidaire ! Vous êtes donc en train de préparer studieusement, méticuleusement, la mort attendue de tous les grands Espagnols après lesquels on pourra dire, non sans soulagement : une Espagne est morte, une époque s'achève. Bien. Je vais même jusqu'à vous imaginer en train de demander quelque notule sur moi, ma vie, mon œuvre, à l'un de mes ennemis mortels... ou ennemie, ajouta-t-il galamment en se tournant vers moi. Dans le journalisme, reprit-il, vous n'appréciez pas tellement l'hommage. Vous faites semblant de sacrifier à la décence qui veut qu'on salue le mort. La déploration obligée se trouve au-dessus de l'article dans le chapeau, à peine soulevé... L'article qui suit est un règlement de comptes. Mais si, je vous assure. Admettons que je me trompe et que j'accepte. Je me pique au jeu, mon article est à proprement parler ad-mi-ra-ble. Dans l'éloge, alors je suis pressé que Rafaël le lise, dans le blâme, alors j'attends avec impatience que Rafaël réponde. J'achète votre journal chaque semaine. Le jour du supplément d'âme, je veux dire du supplément littéraire — vous me permettez, n'est-ce pas, de ne pas l'acheter tous les jours ? — et comme sœur Anne je ne vois rien venir. Je m'inquiète, vous n'êtes jamais là quand je téléphone, je deviens nerveux, j'ai des insomnies, je veux que cet article paraisse, coûte que coûte, je fais intervenir des personnes haut placées, on me répond que le journal répond qu'il cherche, qu'il cherche désespérément un biais pour que l'article soit d'actualité mais que ce poète n'a rien publié depuis fort longtemps, qu'il ne fait guère parler de lui, qu'alors... Bref, pour voir mon article publié, on me contraint à désirer la mort de son sujet. La mort étant la seule actualité qui compte dans nos lettres. Dans tout d'ailleurs. Elle prime tout. Et vous voudriez que j'accepte ? Non, cher ami, non.

Le type était en nage. Il s'agissait bien d'une nécrologie mais il argumenta. A mesure qu'il argumentait son visage s'asséchait. Le docteur finit par pousser un grand soupir et dit qu'il se rendait. Quand les problèmes matériels eurent été réglés, il poussa un autre soupir.

— Désolant, cher ami, je suis franchement désolé. Je viens de me rappeler une chose qui rend notre accord impossible. Figurez-vous que je suis plus vieux que Rafaël, oh pas beaucoup, juste assez pour mourir avant lui. Sans vouloir faire peser sur vos frêles épaules le poids d'un secret médical, je ne vais plus très bien, je suis même très menacé. Vous n'allez quand même pas briser votre carrière en publiant, dans votre rubrique, une nécro par un posthume ?

J'éclatai de rire. Le type cramoisi comprit enfin que le docteur le menait en bateau depuis le début. Il réajusta ses lunettes sur le nez et partit sans un mot.

— Ouf, un ennemi de plus ! Ils sont devenus tellement lâches que ça prend de plus en plus de temps.

Comme nous commentions la scène l'expression « secret médical » me revint. Je l'évitai avec maladresse.

— C'est terrible de ne pas savoir dans quelle partie du corps loge notre mort.

Il me fixa malicieusement, l'air de dire que lui il savait, et désigna son cœur. Je n'eus pas de peine à lui prouver que n'en ayant pas il était pratiquement immortel.

Ni de loin ni de près je n'ai reconnu Iñigo Jones. Au point que j'ai douté l'avoir jamais rencontré. Il n'y avait que le nom ou le surnom qui, dans ma mémoire, avait jeté des lueurs mécaniques. J'étais allée d'un cliché à l'autre, plus anglais qu'espagnol, plus andalou qu'anglais. Un excentrique qui construisait ses jardins comme d'autres leurs mausolées et faisait pousser du gazon sur le sable. Je voyais des cheveux crantés séparés soigneusement par une raie, une redingote en cheviotte et dans la redingote une poche à l'horizontale placée haut, à gauche, lui permettant de reposer la main qui se lève dans les ventes aux enchères. En fait je ne l'ai pas reconnu pour la bonne raison que je ne l'avais jamais remarqué. Il avait subi le sort de l'entourage d'Indio dont je n'attendais rien, à l'exception du docteur évident. Alors quand ce dernier se leva et dit : « Tiens, voilà Iñigo avec cinq minutes d'avance » (il venait d'affirmer qu'il était une horloge parlante), quelle ne fut pas ma stupéfaction de voir arriver une force de la nature, un vrai chêne dans le hall de l'hôtel. Un chêne dans la splendeur de l'automne à cause de ce teint brique qu'accentuait la chevelure en avance d'une saison, blanche comme neige, compacte, si blanche, si propre que même sans vent elle bougeait autour du visage. Il prenait toute la place dans des vêtements désinvoltes, un pantalon en toile beige, une veste kaki, lointainement militaire, aux manches retroussées jusqu'au coude découvrant une grosse Bulowa verte et rouge. Sous sa moustache en trapèze qui blasonnait, des lèvres opulentes, un peu craquelées, comme asséchées par l'ardeur de soi-même. Quel bel homme! Il avait la puissance que donne l'âge à ceux qui poursuivent la beauté. En haut de ce corps puissant, musclé, en haut de son visage sanguin que le soleil espagnol tentait en vain de brunir, il y avait un merveilleux regard bleu clair, clair comme une goutte d'eau dessinée par un enfant. J'allais l'embrasser et en allant vers lui je sentis que c'était inconvenant. Je me suis approchée dans la soumission. Il a posé ses lèvres sur mon front sans me toucher. Puis il m'a regardée et j'ai vu, au fond de ses yeux bleus, une petite flaque de souffrance. Insoupçonnable sur sa personne entière, quand on le voyait entier, mais réfugiée là. Une souffrance aussi claire que la goutte d'eau, comme détachée de lui, de son nom d'Iñigo Jones, de sa force, de sa vie. Une toute petite goutte de douleur pure.

Si je ne l'avais jamais vu à côté d'Indio c'est peut-être qu'un père m'en cachait un autre et que les deux n'étaient aucun. Indio paraissait du feuillage à côté d'Iñigo, bruissant à côté de la force même. Il m'eût fallu réunir les deux pour obtenir une image paternelle dont je m'étais fort bien passée. Je ne connaissais rien des passions d'Iñigo, par contre je sais qu'Indio avait une seule façon d'aimer. Je n'allais pas maintenant lui reprocher de n'avoir jamais posé ses lèvres sur mon front sans me toucher? De m'avoir toujours, sinon trop tard, logée dans ses bras, ses mots ardents, son exultation, comme si je n'étais pas une fille mais un objet d'amour, une femme, l'unique femme au monde lorsque je vivais avec lui. C'était le vaporeux extrême de son être, son identité même qu'il m'offrait, et j'aurais préféré qu'il me traitât comme son enfant? Allons donc!

— Des enfants, Iñigo? fit bizarrement le docteur en haussant les épaules, mais ma pauvre, tu rêves!

Dans l'arène il y eut le moment de grâce de Paquirri. Bousculé au début par un fort taureau blond entré comme un bolide, giflé par un coup de queue aussi lourde qu'un lingot d'or, le sombre Paquirri ne prit pas de revanche hâtive. Il emprunta au temps son calme afin de découvrir dans le cercle le lieu de la soumission et quand il eut trouvé l'endroit où il était à égalité avec son adversaire, ils parurent l'un et l'autre aussi intégralement exposés. Le Gaditan à être fauché à la moindre hésitation des pieds ou de la main, et le petit Zeus à perdre une à une ses prérogatives divines. Son élan sauvage fut à chaque fois pris dans le leurre, chaque fois de quelques millimètres détourné de la chair. Paquirri mesurait au plus étroit la distance entre lui et cet abrégé des forces de la terre qui lui était envoyé par contrat ou par destinée. Il lui désignait son parcours et devenu pur esprit, donc introuvable, ne se manifestait plus qu'à travers le signe rouge de la muleta, passant quasi magiquement de la gauche à la droite de l'habit de lumière. Ces passes étaient d'une élégance, d'une exactitude quasi surnaturelles. Musicales, dirait le docteur. Il n'y eut plus une seule conscience libre dans la Malagueta, rien qu'une émotion collective, c'est-à-dire souveraine, un fragment d'éternité.

L'épée s'enfonça jusqu'à la garde dans le corps qui roula comme une pelote. L'arène entière se leva et dans un tonnerre d'applaudissements se délivra de l'éternité.

— Important, dit Iñigo Jones.

— La meilleure faena de sa vie, commenta le docteur, étonné.

Constance se taisait, sous l'emprise.

Maintenant que le fort petit taureau était mort, je revoyais ses boucles blondes entre ses cornes, me revenait la vieille hantise de la nudité contre un pelage. Une nudité frileuse réchauffée dans la chaude étreinte d'un corps de bête. J'étais assise à l'arrière de la Daimler, entre le docteur et Constance. On avait pris les bagages à l'hôtel et fait nos adieux au portier. Il partait à la retraite, c'était son ultime saison et il nous confia son adresse personnelle. Andrés conduisait, sa casquette encombrait le paysage. Iñigo fumait la pipe. La route filait sur les côtés. Les lumières s'allumaient. Il n'y avait plus un espace libre entre Torremolinos et Estepona. Je me pressais contre l'univers chaud, soyeux, taurin, d'un amant. Depuis les bras d'Europe autour d'un puissant cou doré, persuadée que Zeus avait choisi pour la séduire la même couleur que dans Danaé. Il bande mais elle ne veut pas le voir, il entre doucement en elle qui se mouille. Cela pourrait l'effrayer, si gros, si fort, il n'en est rien. Le monde est rempli d'eau. Il n'y a plus rien de vide dans le monde. Les yeux fermés se rouvrent et se referment, à cause du mouvement divin. Il n'y a pas de mal. Entre le ciel et la terre l'amour est fait.

— Il est toujours aussi beau, dit Iñigo. Quel âge peut-il bien avoir ?

Le docteur se mit à rire. Son rire aigrelet.

— Monsieur parle de Paquirri ? demanda Andrés.

Nous avions dépassé Marbella, Estepona, nous étions presque arrivés. Je continuais. Un amant soyeux, avec des boucles tombant sur les yeux, qui ne parlerait pas la même langue que moi, auquel je n'aurais rien à dire.

II

L'HEURE DE TOUS
ou
LOS HERALDOS

C'était comme si j'avais les yeux fermés, je ne faisais attention à rien, je n'ai même pas vu Los Heraldos où j'entrais. J'avais envie de m'étendre avec mon désir flou, pas de dîner avec les autres. Je me serais bien couchée tout de suite avec lui. Ma main l'aurait accompli et, endormi, je me serais endormie.

Il se passait des ordres bizarres. Un chien aboyait entre nos jambes. Mes bagages n'étaient pas envoyés dans la grande maison. Iñigo a dit à Constance de me montrer ma chambre qui ne se trouvait pas dans le corps principal mais dans une aile, plutôt un cube posé dans le jardin, où Constance logeait aussi. En entrant dans cette chambre inconnue je me suis souvenue précisément du dernier homme qui m'avait plu. Lourd, pas jeune, vieux, avec une pipe. Il avait des yeux pâles, sans couleur du tout. Sa main dubitative passait et repassait devant eux comme pour filtrer leur appel froid : renoncer aux préalables et me trouver d'entrée de jeu dedans. Reconnaître que je m'y trouvais déjà.

Par la fenêtre de la chambre où j'écris ceci, je vois, au-dessus de l'ancienne fabrique de tabac qui est aujourd'hui l'université, le ciel poudré de lueurs qui le vident de son appartenance au jour ou à la nuit. De quel crépuscule s'agit-il ? On pouvait s'y méprendre. C'est la même lumière indécise avant l'acte qui se trouvait dans ces yeux. Il congédiait le choix entre avant et après, confondre l'excitait. Moi aussi. Sa conversation m'eût intéressée sans aventure mais j'étais déjà en aventure depuis que ses yeux avaient banni la différence. D'habitude je prétends choisir mais je commence à trouver réconfortant d'être choisie. Il parlait de Huidobro, le Chilien, celui pour qui *le poète est un petit dieu.* En même temps, sous la nappe, sa jambe était contre la mienne. Oui. Je trouvais naturel que nos jambes soient ensemble, aussi naturel que d'inviter Tzara à jouer au billard sur les mers du Sud. Peut-être inventait-il un passé pour avoir un futur ? Peut-être, en connaisseur, nous évitait-il une heure de déception ? Par cette liberté qu'il avait prise et moi acceptée au point de la juger naturelle, il anticipait sur quelque chose qui pouvait aussi bien ne pas avoir lieu. Après, se retrouver comme on dit en tête à tête, ou ne plus jamais se revoir, était aussi licite. Pourtant c'est la première éventualité qui m'a rendue brillante. Poliment nos visages croisaient ceux des autres invités tandis que nous étions, dessous la nappe, aveuglément intimes. Et je disais des choses brillantes sur Huidobro que je connaissais à peine, uniquement à cause de la jambe, du pied au genou, contre la mienne. C'est curieux, dès qu'on parle des poètes, ils sont là, dès qu'on pense à eux, il n'y a plus personne. Dans la chambre andalouse ce n'était pas le *petit dieu* qui me manquait mais le poids de l'homme qui en parlait. Cet homme était assez connu lui-même, je me demande si ce poids-là jouait un rôle. Comme moi il s'occupait de l'œuvre des autres mais lui en tant que traducteur et critique. Debout dans le salon nous continuions à parler d'eux, les autres dont nous nous occupons. Notre aparté est devenu visible. Alors il a reculé en regardant droit devant lui, comme le porc-épic. Son dernier mot a été : j'aime me tenir près de vous. Il n'y était plus. Je ne l'ai plus jamais revu. Alors pourquoi, dans la chambre, ce *près* l'ai-je renversé en *sur*? Est-ce la fatuité des femmes quand elles croient n'avoir rien obtenu à cause de la lâcheté des hommes? J'ai tout renversé! En cet instant nul jeune homme magnifique n'aurait eu l'emprise de cet homme âgé que je choisissais pour sa lourdeur, son autorité, son recul et sa fuite. Qu'avais-je besoin de renverser tout cela sur moi! Le tabac de sa pipe dans le cendrier se consume en cendres. Pourquoi ne pas l'appeler, de ce téléphone posé près du lit, lui dire d'arriver, au bout d'Europe? Pourquoi ne pas essuyer vaillamment son refus? Parce que, justement, j'étais redevenue cette femme indifférente et courtoise, si peu aventurière, qui traversait le jardin dans le noir vers les lumières d'un dîner avec l'irréalité du docteur, d'Iñigo Jones et la jeunesse de Constance.

— Son corps, plus important mort que vif...
Iñigo s'interrompit net en me voyant.
— Jerez? Whisky?

Je n'ai pas fait attention non plus au repas servi par Andrew en veste blanche. Les assiettes Webster me semblaient plus grandes que nature et les napperons sur lesquels elles étaient posées terriblement isolés les uns des autres par l'acajou. Je trouve les nappes plus intimes. Sur les appliques brûlait une essence imitant le jasmin, à moins que le parfum ne vînt des bougies dont la flamme se reflétait sur l'acajou entre les couverts et nos mains. Les baies grandes ouvertes donnaient sur le gazon. On avait l'impression d'être en Angleterre. Quel caprice qu'il y eût du gazon ! Avec quelle eau arrosait-on ? Et la mer, était-elle vraiment à quelques mètres ? Il me semblait l'entendre mais le jardin avait ses propres bruits nocturnes et je les confondais. Je vis briller au milieu de la pelouse la lumière de ma chambre que j'avais laissée allumée. Iñigo m'observait.

— La petite maison n'est pas tout à fait terminée, dit-il. Mais les maçons n'en ont plus que pour deux ou trois jours. Il leur reste à achever le mur du patio sur lequel donne la cuisine.

— Mais cette maison-ci paraît si grande, ne suffisait-elle pas ?

— J'aime que mes invités se sentent libres.

— Ou toi libre d'eux, commenta le docteur.

Constance, pour effacer, compara la petite maison à une maison de poupée. Iñigo haussa les épaules. L'expression lui déplaisait. Le docteur s'empressa de trouver une image de harem encore plus déplaisante. Lui pouvait dire ce qu'il voulait, Iñigo daignait sourire. Je remarquai sa fossette sur le menton. Elle poinçonnait son visage d'une marque rien moins qu'amène. Le téléphone sonna. Mécontent, Andrew posa le panier de fruits au milieu de la table et quand il revint il annonça :

— Monsieur Henry.

Iñigo et Constance se levèrent d'un coup. Ils posèrent en même temps leur serviette sur la table.

— Pour Monsieur, ajouta Andrew.

Iñigo disparut dans la bibliothèque où nous avions pris l'apéritif et Constance côté jardin, dans la nuit.

— Curieuse histoire, murmura le docteur en versant du vin à côté de mon verre, tu es au courant ?

— Comment serais-je au courant ?

— Par Dorotea.

Je me sentais pleine d'animation. Oh je t'en prie ! le suppliai-je.

— Ce n'est ni le lieu ni le moment. Connais-tu seulement l'Angleterre ? Parce que si tu ignores les mœurs de la bonne société anglaise, si tu ignores, par exemple, que l'accès de certains lieux n'est permis aux chiens qu'à condition qu'ils soient bien élevés, only well behaved dogs, si tu...

Un air que je connais par cœur, du *Retable de Maître Pierre* est revenu à mes lèvres : *¡ Niño niño ! seguid vuestra historia línea recta y no os metáis en las curvas y transversales...*

Il s'inclinait avec plaisir devant Falla et don Quichotte. A mi-voix, chuchotant comme un conspirateur, il commença :

— Cette histoire qui eût été tragique en Espagne, romantique en France, mélodramatique en Italie, s'est, en Angleterre, déroulée fort naturellement, maintenue dans les limites d'une correction parfaite de part et d'autre, je parle évidemment des parents car les enfants, comme partout, ont été insupportables. Je te fais juge. Constance est tombée amoureuse de son cousin Henry, celui qui est au bout du fil avec Iñigo. Dans la famille, bien sûr, personne n'imaginait que les enfants puissent tomber amoureux. Ils passaient tous les étés ensemble parce que les mères, qui sont sœurs, ont hérité d'une maison en Irlande où elles se retrouvent l'été. L'hiver d'ailleurs elles se voient aussi puisqu'elles habitent Londres. Ils disparaissaient des journées entières, comme des écureuils, et les mères, libres, pouvaient bavarder en paix, et les pères, qui venaient le vendredi, pêchaient en paix. Les grands amateurs de pêche apprécient l'Irlande, tu sais pourquoi ?

— ...

— Comme tu es française ! tu ne t'intéresses à rien, niña française, tu veux tout de suite connaître la fin. Tant pis pour toi passons aux conclusions : Constance, inscrite à l'université en lettres et en histoire des religions, ce qui je te l'accorde est une aberration pour un esprit comme le sien, décide en cours d'année de changer d'études et se tourne vers le castillan et l'histoire de la peinture contemporaine. Clair, non ? Exactement le programme d'Henry, sauf que lui a deux ans de plus et avait déjà réussi ses examens de lettres et d'histoire des religions. Bref, un beau matin en Irlande, une des mères ouvrant la porte de la chambre de son fils le découvre endormi dans les bras de Constance. Dans le plus simple appareil, sans épée entre eux. Elle n'en croit pas ses yeux, court à la chambre de Constance qui, on s'en serait douté, est vide. En plein mois de juillet les sœurs, d'un commun accord, décident que l'été est fini et rentrent le jour suivant à Londres. Conseil des quatre. Le père de Constance convoque Henry et lui dit... Devine !

— Quoi devine ? Qu'est-ce qu'il lui dit ?

— Madame prendra-t-elle du vrai ou du faux café ? demande Andrew.

— Devine !

— Oh, merci, pas maintenant.

— Alors un faux ?

— D'accord, un faux.

— Tu as trouvé. Il a dit à Henry : vous êtes mon fils.

— Le père de Constance ?

— Exactement. Paul en personne. Comme il arrive dans les romans japonais Paul avait été amoureux des deux sœurs, mais successivement. Quand il se rendit compte qu'il aimait l'aînée, son mariage avec la cadette était annoncé. De plus cette dernière était enceinte. Elle avait longtemps hésité entre Paul et un certain Blaber. Paul, avec lucidité, en vrai gentleman, entrevit une solution. Il alla trouver Blaber et lui déclara qu'il n'épousait Flo que pour réparer une assez laide action. Elle attendait un enfant et il aimait sa sœur. Blaber entrevit le ciel. Il se croyait stérile des suites d'une tuberculose et toujours épris de Flo. Mais avoir un fils de Paul, son ancien condisciple à Cambridge, membre du même club, dans ses rêves les plus fous il n'en aurait même pas caressé l'idée ! Les quatre se sont mariés le même jour, enterrant le secret, en l'oubliant peut-être. Leur double union était heureuse, ils passaient tous leurs étés ensemble, mais ça je te l'ai déjà raconté. Tout était donc charmant et parfait jusqu'à l'horrible découverte dans la chambre des enfants, il y a environ deux ans. Alors Paul a convoqué Henry, lui a dit : « Vous êtes mon fils, en conséquence je vous demanderai de vous conduire en gentleman, comme je me suis toujours conduit, et de ne plus considérer Constance autrement que votre sœur. »

— C'était son frère ?

— Elle était sa sœur. On les a séparés. On a envoyé la petite en Italie, où elle a rencontré Indio. Henry a passé le reste de l'été chez oncle Iñigo.

— Il y a deux ans ?

— En langue Henry n'a fait aucun progrès car il parle anglais avec Iñigo mais il a découvert la peinture espagnole. Constance a abandonné le dessin et persévéré en espagnol. Henry est revenu l'été dernier. Il serait là si Constance n'y était.

— Et pourquoi est-ce Constance cet été ? Iñigo n'a pas l'air de l'apprécier beaucoup.

Iñigo avait ouvert la porte de la bibliothèque et se tenait debout dans l'embrasure. Il devait avoir très chaud car il avait déboutonné sa chemise d'un bouton. La peau de son cou, plus pâle que celle de son visage, brillait de sueur. Ses bras forts, musclés, écartaient les chambranles comme pour faire basculer la maison sur nos têtes. Il fumait ou plutôt il broyait le tuyau de sa pipe entre les dents. Il n'avait pas du tout l'air d'un homme qui écoute aux portes. Son état n'avait rien à voir avec nous. Il cherchait Constance, comme pour se décharger sur elle. Même son chien, la queue basse, semblait craindre ses foudres.

— Elle est allée dormir, a dit le docteur.

Les bras d'Iñigo sont retombés. Je me suis levée pour me retirer aussi, la petite maison m'apparaissait un refuge. Le docteur m'a fait un signe presque affectueux d'approbation. Iñigo ne se rendait compte de rien. Il n'a pas répondu à mes vœux pieux de repos et de bonne nuit. En m'éloignant j'ai eu le sentiment que le docteur m'avait raconté un conte par horreur des tragédies individuelles.

Sous ma porte j'ai trouvé un billet daté de minuit et demi. « Je vous ai attendue en vain. C. » Continuait-elle à me prendre pour sa gouvernante ou me voulait-elle comme confesseur ? Prévenue par Dorotea je me méfiais. La rousse ne lâchait rien sans viser. M'avait-elle prise pour cible ?

Même en vacances un dimanche est un dimanche. Habitude bonne ou mauvaise c'est le jour de repos créé pour la mémoire, on l'oublie. Il en reste un bon dimanche ou un mauvais dimanche comme à la sortie d'un film. Entre samedi et lundi je n'ai rien noté dans mon journal. J'ai dû somnoler au soleil, dans l'eau, partout. Oui, c'est certainement ça puisque le soir je me suis vexée. J'ai entendu que je ressemblais à une *mûre* alors que le docteur prétendait avoir dit *maure*. C'était parti du mariage de Cristina qu'Iñigo s'évertuait à désigner par une expression ridicule « la débonnaire Cristina ». De bonne aire, de bonne race, avait commencé le docteur, qu'aire était à la place d'aigle, mais que Cristina n'était pas un aigle et qu'on ne pouvait plus la qualifier de débonnaire puisqu'elle allait épouser un infidèle ! Ce mariage déchaînait leur misogynie. Et leur jalousie, pensai-je encore avant de m'endormir du vrai sommeil, la joue contre l'oreiller célibataire. Ils auraient préféré qu'elle demeurât la « veuve » d'Indio. Mais des veuves apocryphes il y en avait d'autres !

Du coup j'ai fait un drôle de rêve. Ma mère et Cristina étaient sœurs et m'avaient soigneusement caché... que quoi ? J'avais perdu l'habitude de rêver. Quand j'ouvris les yeux mon lit exprimait un grand désordre. Un rayon de soleil traversait la fenêtre ouverte et s'était posé à côté de moi sur le drap. Je m'étais endormie prise d'un coup par le sommeil, sans qu'il me donne même le temps de fermer les rideaux. Je me plaçai dans ce rayon et refermai les yeux. Que qui était quoi ? J'avais posé la main au milieu de moi. Cristina était brune, Dorotea aussi. Je songeais à cette désignation souveraine que donne le noir. Qui était donc Indio dans le rêve ? Une semaine avant, à Paris, je me trouvais sans rien et aujourd'hui au milieu d'infinis liens de parenté que j'avais toujours fuis. Mais entre des mailles si lâches qu'il suffisait de bouger de quelques millimètres pour m'en dégager. Rien qu'en me tournant je suis passée à l'ombre où je n'appartiens plus à personne. Un bruit furtif m'a fait rouvrir les yeux. Instinctivement je me suis enroulée dans le drap. Il n'y avait personne. J'étais si accoutumée aux bruits de la ville que le silence de la propriété d'Iñigo me faisait sursauter. J'enfilai le yukata à serpents bleus sur fond blanc que Léonard m'avait rapporté d'un concert à Tokyo et je traversai vivement la pelouse qui me séparait du petit déjeuner.

M'éloignant dans l'herbe fraîche, goûtant le plaisir de la fouler pieds nus, je crus entendre une seguiriya. Je me souvins alors des maçons. Je leur dirais bonjour après le café. Avant le café, pas de bonjour! Le gazon s'arrêtait pile à des arbustes enracinés dans le sable. La mer était là, comme hier et demain, dans le soleil, avec l'été. Quelle certitude! Sur la terrasse j'embrassai les fleurs piquées sur le mur vert de leurs feuilles. Et moi qui, le premier soir, avais cru respirer un parfum de chez Floris quand je respirais le jasmin même dont l'odeur ce matin, comme tous les matins, était silencieuse.

La table du petit déjeuner à Los Heraldos vous transportait, comme le tapis du conte, au pays dont le chef-d'œuvre est le petit déjeuner. Les fruits du marché, les prunes, les pêches, les abricots, voisinaient avec les mêmes cuits en compotes. Il y avait du jus de poires, des tranches de pastèque, des pruneaux, et à côté du pot de confiture d'orange amère Wilkin & Sons le *pure argentine honey* qu'Indio préférait à tous les miels. Le café, au bain-marie, attendait sur un réchaud à deux plaques, sur l'autre sifflait la bouilloire pour le thé qui infusait sous son wigwam de molleton. Il suffisait d'appuyer sur un bouton pour qu'un bataillon de toasts surgisse, faisant sortir du même coup, par pur hasard car il devenait de plus en plus sourd, Andrew, d'exécrable humeur le matin, qui récitait la litanie des œufs.

— Suis-je la première ce matin ?

Il avait la manie d'effacer les traces du moment précédent. Pire que le temps il vous poussait sans cesse vers l'avant. Ainsi le docteur et Iñigo avait déjà déjeuné mais je n'aurais su dire de quoi. Bientôt mes propres miettes furent balayées et je me réfugiai sur la terrasse, une ultime tasse de café à la main.

Après la ligne de l'herbe, la ligne du sable, la ligne de l'eau. Un peintre aurait peint un paysage à trois couleurs superposées que je traverserais horizontalement tout à l'heure en allant me jeter dans la mer. J'éprouvais de la gratitude envers la disposition des lieux, qu'Iñigo eût placé sa maison de profil à la mer, face au parc prolongé par une impression de forêt. Il avait fait construire Los Heraldos dans les années cinquante, en fonction des grands arbres qui protégeaient de la route. A l'époque, seuls des ânes et des vélos empruntaient ce chemin qui coupait la propriété en deux mais depuis que par décision communale il avait été goudronné des voitures y passaient. On ne les entendait guère mais c'est la raison qu'Iñigo prétextait pour transformer Los Heraldos en fondation, y transporter ses paravents japonais et ses bronzes chinois, ses collections de peinture et de sculpture espagnoles, et se réfugier lui dans la province de Huelva. Entre l'acacia et le plus haut des pins parasols la petite maison qu'achevaient les maçons était soi-disant destinée au futur gardien-conservateur. Je me vis un instant dans ce rôle, sauf qu'il m'aurait fallu tout apprendre. Non, ce que j'aimais c'était la disposition des lieux, ce résumé de nature qui me la proposait entière en si peu d'enjambées que je demeurai tranquille, sur la terrasse, assise sur un transatlantique. Des bribes de récit me parvenaient par la porte-fenêtre de la bibliothèque : « obtenu qu'il n'y ait aucune force de police... aucun représentant du gouvernement... le plus difficile pour l'enterrement... et surtout pas le ministre... comme ils avaient suggéré à sa veuve... tout obtenu... la force du nom... car elle porte le nom... elle a porté aussi le cercueil contrairement à la tradition... voix basses magnifiques des hommes... à l'approche du cimetière... éclatant de partout... »

La voix d'Iñigo s'est élevée brutalement en un cri, un vivat dans une langue inconnue. Iñaki s'est mis à aboyer et le rire formidable d'Iñigo, le rire aigrelet du docteur ont couvert la foule. J'ai décampé en voyant bondir Iñaki si content de me voir, je ne comprends pas pourquoi, moi qui suis si mal à l'aise avec les bêtes et les bébés. Je me suis mise à courir, je croyais qu'il préférerait lécher le sucre au fond de ma tasse abandonnée mais non, il voulait jouer, c'est à moi qu'il faisait fête, autour de moi que son corps joyeux bondissait au point que je m'arrêtai à mi-chemin entre la grande et la petite maison et l'interpellai sérieusement : « Enfin Iñaki, on se connaît à peine, comment peux-tu déjà ? », ce qui eut l'air de l'enchanter.

— Il a mis longtemps à comprendre qu'on pouvait entrer dans l'eau sans se noyer. Oncle Iñigo raconte qu'au début, chaque fois qu'il allait se baigner, Iñaki se jetait à l'eau et le ramenait de force.

Constance était drôle en maillot. Elle débutait en femme et s'achevait en enfant. Installée sur une grande serviette-éponge couleur prune elle y avait disposé sa brosse, son lait solaire et son Cowper Powys presque achevé à en croire le signet. Trois épingles fixèrent sa chevelure en chignon, de grosses lunettes lui donnèrent l'étonnement fixe des chouettes et le tout fut mis à l'ombre du fameux chapeau à fleurs de la modiste d'Estepona. Elle avait des seins magnifiques, si ronds qu'ils semblaient tenir le haut du maillot bien plus qu'ils n'étaient tenus par lui. Ce vieux haut de maillot délavé et pétri par les vagues en était tout transformé. Il émanait de lui le charme pervers des haillons de cinéma sur la poitrine d'une héroïne pauvre. Mais cette vision ne se prolongeait pas car le joli ventre bombé de Constance donnait plutôt envie de jouer au ballon ou de lui interdire l'huile d'olive. Le bas de son maillot ne soulignait plus rien, il barbotait, sans doute à cause d'un d'élastique fatigué ou de la position assise. Ses jambes potelées et mystérieuses ne s'écartaient pas pour conduire au secret roux, non, leur chemin naturel était la route, au bout des pieds, c'est en quoi elle évoquait l'enfance. Elle s'appliquait soigneusement une crème qui moussait, moussait à en devenir blanche, sur les épaules et les genoux que le soleil cherche à midi. Quand elle fut allongée je fermai enfin les yeux, sous l'emprise du soleil qui me plaquait au sol. Enfin la proie de l'extérieur brutal, réduite au silence, au plaisir de n'être rien.

— Vous souvenez-vous de ce que je disais au Malaga Palacio, le jour de la corrida où j'ai fui ?

Cette fille, je l'ai maudite. Annulant ses préparatifs elle se réfugiait à l'ombre du parasol. De là, autoritairement, elle allait passer à son histoire, j'en étais sûre rien qu'à sa façon de regrouper les choses qui se trouvaient au soleil à l'ombre. J'ai cherché comment lui être désagréable, j'ai été sur le point de demander si elle ne préférait pas songer à son frère plutôt que de parler de mon père. Hélas, j'ai vaincu ce mouvement d'humeur. Encore une fois je n'ai pas laissé faire mon caractère !

— Cela me réveille en sursaut, pas toutes les nuits, heureusement. Depuis que vous êtes là je dors profondément, sans rêver. Le fait de vous savoir à côté ?

Mon Dieu, mon Dieu, priai-je, faites quelque chose.

— Vous n'êtes pas ici pour rien, vous n'avez pas entrepris ce voyage de retour (elle mettait certainement retour entre guillemets) sans un but, secret je suppose.

Good girl !

— Je me demande si vous aussi n'éprouvez pas du remords.

Sèchement je lui ai conseillé de sauter les préliminaires. Elle a paru consternée.

— Pardon, a-t-elle dit, mais je vois arriver là-bas un type qui vient certainement me dire bonjour.

Une preuve de l'existence de Dieu.

Ce type béni s'avançait sur la plage comme sur une chaussée, avec des souliers de cuir et des chaussettes blanches, une sacoche débordant de journaux sur l'épaule. Il ne s'enfonçait pas dans le sable, il ne pensait pas qu'il pouvait s'enfoncer, alors sous son pas vigoureux la plage devenait dure comme les pavés. Il regardait fixement dans notre direction mais quand il fut devant nous, enfin devant Constance, je vis que ses iris n'arrêtaient pas de rouler d'un bout à l'autre de l'œil. C'était sa grosse tête, ronde comme une boule de gui ou comme un poing fermé, qui donnait l'impression de fixité. Dans ses yeux, au contraire, deux roues brunes faisaient sans cesse l'aller-retour, entraînant les moyeux noirs de la pupille. Il était fatigant à regarder, il donnait le tournis, on s'accrochait à la tête fortement plantée dans le corps. De loin seulement il avait un air de jeunesse, de près c'était un vrai homme de plus de quarante ans, à l'allure forestière, au visage résineux, plein d'encoches, une surtout à la tempe. Entaillé aussi au menton par quelque coup de hache juvénile. Vraiment pas beau mais planté droit, très droit, même si l'iris en cage voletait, le reste était rudement là devant Constance.

— Vous deviez me téléphoner ce matin à neuf heures, dit-il. Après j'ai dû sortir. Alors je suis venu.

— Je dormais, dit Constance. Je me suis réveillée à neuf heures et demie.

— Si vous m'aviez dit que vous dormiez si tard, je ne vous aurais pas demandé...

— Je ne dors pas « si tard » en général (cette manie des guillemets, de détacher certains mots pour les mettre sur piédestal, en citation !) mais pourquoi ne puis-je pas vous appeler après neuf heures là où vous allez ?

— C'est vrai, conclut-il sans explication.

L'iris courut d'un bout à l'autre du globe. En bas du visage un large sourire eut le temps d'apparaître avant qu'un froncement de sourcils ne le refermât. Cet homme n'était pas foncièrement pessimiste mais il avait un souci. Constance fit une présentation de prénoms. Jacobo s'inclina dans ma direction et j'eus le sentiment qu'il me voyait à gauche et à droite de moi. Il s'assit en croisant les jambes, il contempla le bout de ses souliers, il tira de sa poche un mouchoir et s'épongea le front.

— Quel climat ! J'ai une de ces envies de respirer l'air de la montagne...

Evidemment l'air de la mer ne pouvait rivaliser puisqu'il n'y a pas d'air de la mer sur la Costa del Sol.

— L'air d'Aracena ! Ce n'est même pas loin d'ici, deux trois heures...

Avant que Constance ne lui suggère d'aller le respirer il a repris :

— J'ai beaucoup réfléchi à ce dîner. Etes-vous sûre de préférer la Casa Jorge ?

— Pas du tout puisque je ne la connais pas.

— Ah c'est vrai ! Une bonne raison.

— A travers ce que vous m'en avez dit, je crois que cet endroit plaira beaucoup au docteur. Lucy viendra aussi, n'est-ce pas ?

Il sursauta.

— Qui ?

— Moi, soufflai-je.

— Pardon. Je suis tellement étourdi !

Il se remit debout sans décroiser les pieds.

— Alors, à demain soir. Je viendrai vous chercher tôt, vers huit heures et demie. A neuf heures la Casa Jorge est presque vide, c'est encore agréable, après il y a une agitation épouvantable.

J'attirai un des journaux à moitié sorti de la sacoche et fis semblant de lire les nouvelles. Une ou deux minutes plus tard il déclara, d'une voix si forte qu'il ne pouvait s'agir d'une confidence :

— Il faudrait quand même une fois, Constance, que nous puissions bavarder tranquillement en dehors de toute cette agitation.

Nous étions presque seuls sur la plage. On n'entendait que l'expiration des vagues. Au large, il est vrai, des éclats de rire partaient d'un Riva vers le skieur qui, en tombant, avait perdu ses skis. Je me levai.

— Je pars, dit-il,

et j'allai me jeter dans la mer.

De loin, je vis qu'il s'était rassis. Sa tête ronde ne bougeait pas. Quand je fus revenue, il était de nouveau debout.

— Ne froncez pas les sourcils, disait Constance, vous allez avoir des soucis.

Tiens, c'était une phrase de Dorotea.

Il prétendit qu'il ne fronçait jamais les sourcils. Insistant, Constance tira une glace de son filet et l'obligea à se pencher pour voir, là, entre les sourcils, un pli marqué comme une cicatrice.

C'est en se dévisageant avec méfiance qu'il lui a dit : Vous devriez venir à Aracena. Il a enchaîné sans hâte sur le fait que les hommes ont beau se raser chaque jour ils ne se voient pas et se connaissent moins que les femmes. Et soudain il s'est rendu compte qu'on se trouvait sur une plage. En secouant la tête je l'avais mouillé de quelques gouttes. Il a d'abord regardé le ciel, il n'y avait pas de nuage. Alors il a vu la mer et Constance presque nue. Son visage a encore gonflé. Il a balancé brutalement sa sacoche pour lui imprimer le mouvement du départ. Il ne partait pas.

— Vous pouvez vous baigner, si vous voulez, a proposé Constance disposant de la mer.

Cette suggestion l'a surpris. Il a paru aussi effaré qu'un oiseau, comme si à l'intérieur de l'arbre il était aussi l'oiseau.

— Quelle heure est-il ?

— Deux heures. Vous êtes pressé ?

— Non. Pas du tout.

Et de nouveau il fut content. Il a rangé ses chaussettes dans ses souliers, il a plié son polo dans son pantalon. Il portait son maillot sur lui, un de ces slips affreux qui ressemblent à des sous-vêtements et que plus un homme soucieux des femmes n'ose proposer à leur observation implacable de cet endroit-là. Là, comme en tout lui-même, Jacobo était plein. Il posa les mains sur ses chevilles puis se détendit formidablement et d'un coup fut loin dans la mer.

— Il est épris de vous, ai-je dit à Constance.

— Allons donc !

Elle riait. C'est la première fois que je l'entendais rire de bon cœur.

— Vous savez ce dont il m'entretenait pendant votre bain ? Des eucalyptus. Ils ruinent la province de Huelva.

— Aracena se trouve dans la province de Huelva ?

— Oui. C'est là où mon oncle a cette propriété dans laquelle il veut se retirer. Jacobo est son conseiller géomètre secrétaire agronome.

Ira-t-elle à Aracena ? me demandais-je. Au lieu de me conter ses remords envers Indio elle ferait mieux de s'en créer d'autres avec Jacobo.

— Dans une de ses vies car il fait tant de choses...

— Et si vous racontiez ce que vous avez à me dire devant lui ?

J'ai vu une femme changée en renarde.

— Lucy prétend que vous me faites la cour.

Il n'a pas accusé le coup. Du milieu de sa grosse tête que l'eau en dégoulinant couronnait de mèches de laurier il a simplement affirmé qu'il y avait trois choses merveilleuses au monde : voir pousser un arbre, faire de la moto et la cour à une femme.

— Pour vous mettre en garde, commença-t-elle d'un air décidé...

J'avais forcé sa décision.

Ai-je dit à haute voix ou seulement pensé l'importance du tiers dans une confession, fût-elle confidence, qui même absent écoute ?

Il prit sa tête de laurier entre les mains et redemanda :

— Est-ce bien nécessaire ?

Qui serait le tiers ?

— L'homme dont il s'agit est son père.

— Il est mort, précisai-je.

Cette précision qui n'était peut-être pas indispensable les a bizarrement mis sur un pied d'égalité. Jacobo dut en déduire que quoi que cette fille pût raconter rien ne l'empêchait d'être à lui. Constance se sentit intéressante deux fois, avant même d'ouvrir la bouche. Et moi... eh bien c'était moi le tiers nécessaire, un mari en quelque sorte, dans le rôle de mon père.

Andrew — c'est dans ces circonstances que le luxe a sa raison d'être — a fait son apparition à la frontière du gazon et du sable, entre un panier et un seau à glace. Nous lui avons évité la traversée de la plage et c'est en pique-niquant et en buvant du rosé glacé qu'a débuté ce qui n'était plus une épreuve, au fond, que pour moi.

— Dans mon enfance, dit Constance, j'étais espion. Je suppose que je dois partir de là. C'est en

Irlande que ça commence, après c'est en Italie et ça se termine à Londres, ou ici, comme vous voulez. D'habitude à peine quelque chose est-il terminé que je n'y pense plus, vous voyez ce que je veux dire ? Et ce n'est pas le cas avec... comme si j'éprouvais du... L'été avec mon cousin notre grand plaisir était d'écouter ce que racontaient nos mères quand elles se croyaient seules. C'était à qui surprendrait le plus de secrets. Or un jour Henry ne revenait pas. Il était chez le vétérinaire avec Henry II son cocker. Maman et tante Flo prenaient le soleil sur la terrasse du premier étage qui est à l'abri du vent. Quand elles prennent le soleil au milieu de la pelouse devant la maison il n'y a rien à faire mais on entend tout de la terrasse depuis la salle de bains. Tante Flo était terriblement rêveuse, elle passait des heures à feuilleter les magazines et à envier toutes les femmes qui avaient l'air heureux. Maman répondait alternativement deux choses : je t'assure qu'elles ne sont pas si heureuses que ça, ou bien, tu devrais prendre un amant. Mais tante Flo n'y arrivait pas ou n'en trouvait pas. Ce jour-là elle a dit qu'elle avait eu bien tort de ne pas prendre pour amant Indio Alfar Martinez. Que de tous les hommes qui lui avaient plu c'était celui-là qu'elle regrettait le plus. Maman le connaissait par oncle Iñigo et c'est chez lui, quand il avait encore sa maison de campagne près de Londres, que tante Flo l'avait rencontré. L'été de l'année où oncle Iñigo a tout vendu pour s'installer en Andalousie. Il donnait donc sa grande soirée d'adieu à l'Angleterre. Tous ses amis étaient venus, même d'Ecosse et d'Irlande. Ils s'étaient donné le mot et ils étaient tous en noir, même ceux qui ne portaient pas le smoking. Les femmes aussi étaient en noir malgré la saison mais il y avait beaucoup plus d'hommes que de femmes. A minuit l'orchestre qui jouait sur une petite estrade qu'on avait dressée sous les chênes en cas de pluie s'est arrêté et les garçons d'écurie sont arrivés avec les chevaux. Ils leur ont fait faire au pas, en silence, le tour de la pelouse, et les lads, de bric et de broc, étaient aussi tout habillés de noir. Il paraît que c'est le seul moment où oncle Iñigo a eu de la peine. Après, Henry m'a dit que sa mère lui avait déjà raconté vingt fois cette fête, qu'elle radotait, mais c'est parce qu'il était furieux de ne pas avoir été là, avec moi, dans la salle de bains. Selon tante Flo, Indio ressemblait à un vrai Indien des Andes. Elle n'y avait bien sûr jamais mis les pieds, elle n'est jamais sortie d'Angleterre. De petite taille, sombre, la peau mate, un vol de condor dans le pli des cheveux ou dans le dessin des lèvres, je ne me rappelle plus où elle mettait le vol de condor, l'air abandonné, plein de nostalgie et quand il souriait, un autre homme, fier, irrésistible, tout étincelait, les yeux, les dents, les cheveux... hélas ! il était « en main » disait tant Flo, il avait même dansé, un des rares à danser, « joue contre joue » avec une femme ! La première expression me semble toujours horrible et la seconde merveilleuse. Cette femme avait la même chevelure que lui, noire et brillante, mais immense, déployée jusqu'à la taille, une vraie rivière. Il avait posé la main sous cette chevelure, sur le dos nu. Il fermait les yeux contre cette brune inoubliable qui portait sa robe noire de veuve à même la peau, comme une lingerie d'extérieur, et ses longues jambes toutes nues glissaient entre celles du smoking.

Plus grande que lui elle portait de hautes sandales où ses pieds nus la rendaient encore plus nue. Cette description m'a troublée au point que j'ai failli lâcher la barre du porte-serviette à laquelle je me tenais. J'étais juchée sur le rebord de la baignoire pour mieux entendre par le vasistas. Avant de se rasseoir à une table où parmi d'autres invités il y avait tante Flo, elle a donné à Indio un petit baiser sur les lèvres en disant : et si mon mari nous voyait ! Tout le monde a ri sauf ma tante. Un garçon à lunettes a passé son bras autour de cette femme sublime et l'a attirée contre lui. Oncle Iñigo a remarqué que tante Flo n'y comprenait plus rien. Avec sa délicatesse habituelle il lui a donné une grande tape dans le dos en criant à la cantonade : Stupid girl, c'est son père, elle est sa fille, et le grand à lunettes c'est son mari...

— Si je comprends bien, commenta Jacobo, cette femme extraordinaire est la sœur de...

Non seulement il avait encore oublié mon nom mais il laissait entendre qu'il me trouvait ordinaire ! Et Constance, cette garce, qui en remettait sûrement sur la beauté d'Aurora, l'amour entre eux, la beauté, l'amour...

— Une de mes demi-sœurs, ai-je répondu. Mon père était polygame.

— Mon rêve, a soupiré Jacobo.

Plutôt gentil de sa part cette déclaration qui lui allait si mal. Peut-être était-il seulement gaffeur ou étourdi ? Il nous montra son alliance.

— Je vis séparé de ma femme mais je porte mon alliance à cause de mon fils. A défaut de danser *cheek to cheek* avec lui !

Il a fait un bruit de locomotive en trinquant avec la bouteille. Je l'ai de nouveau trouvé sympathique.

— Alors ? Ce n'est quand même pas ça qui vous empêche de dormir ?

Il a lancé ça en direction de Constance comme si elle lui avait confié à lui qu'Indio l'empêchait de dormir. Il prenait les choses en main. Elle a sauté trois ans.

— Je saute trois ans, dit Constance. Cet été-là mes parents ont décidé de m'envoyer seule en Italie, à Sienne, chez un de leurs amis qu'ils surnomment il Notaio. Ce notaire a la plus belle étude du monde, elle donne sur la piazza del Campo, la place rose en forme de coquille Saint-Jacques. Il possède aussi, à quelques kilomètres dans la campagne, une maison qu'il a restaurée et derrière laquelle, le long d'une ligne de cyprès, il a fait creuser une piscine. Je nageais dans cette piscine lorsque je l'ai entendu aboyer de loin comme un maître d'hôtel : Alfar Martinez ! Avant même de voir qui il accueillait ainsi je me suis écriée Indio ! Un jeune vieux monsieur a vivement ôté ses lunettes et s'est penché sur la piscine comme pour identifier par un autre moyen que la vue qui l'appelait ainsi. Le notaire, avec son exquise politesse, voulait le forcer à s'asseoir sur une chaise longue pour lui expliquer tranquillement qui j'étais, mais Indio restait debout, penché. Alors je suis sortie de l'eau. Il a aussitôt cherché le drap de bain mais ses lunettes se trouvaient dessus, elles sont tombées, un verre s'est cassé. Il tâtonnait en les cherchant, je me suis précipitée pour ramasser les débris. J'ai vu ses mains toutes tachées, son visage blanc dessous le hâle, les petites rides qui attaquaient ses yeux, une sorte d'effroi s'est emparé de moi, c'était cela le temps. Quelques centaines de jours et l'homme étincelant de tante Flo s'était transformé en vieil adolescent. Je tenais traîtreusement dans un coin de mémoire, comme dans une main, la photographie-témoin, j'en avais presque honte. Et puis, contre les écailles d'un cyprès, il a repris ses couleurs. Ses cils ont battu sur des yeux de jais, ses cheveux noir et blanc n'ont plus été gris, son teint s'est obscurci du dedans, la nostalgie reculait, il a souri, le vol de condor s'est abattu, ses lèvres ont découvert des dents joyeuses, blanches comme neige, petit à petit il se mettait à étinceler... et j'ai eu près de moi, m'assaillant de questions, l'homme de tante Flo.

Il Notaio devait se rendre le lendemain à Rome avec son secrétaire, moi je suivais. Je devais rester quelques jours à Rome et de là prendre l'avion de retour pour Londres. Indio, qui était venu discuter affaires, repartait le soir même pour Abano où Madame Martinez faisait sa cure annuelle de boue...

— Qu'est-ce qu'ils bougent en Italie, fit Jacobo en se tournant vers moi. Croyez-vous qu'ils se déplacent si facilement parce qu'ils n'ont jamais formé une nation ?

Moi j'étais plutôt tournée vers « Madame Martinez ».

— Qu'avez-vous appris sur elle ?

— Certainement rien que vous ne sachiez déjà, répondit Constance poliment. Le notaire gérait sa fortune.

— Etait-elle vraiment si riche que ça ?

— Oui. C'était une héritière du guano, vous savez, cet excrément pour lequel le Pérou et la Bolivie se sont fait la guerre à la fin du siècle dernier. Elle versait à Indio une sorte de pension chaque mois mais quand il avait besoin de plus d'argent, parce qu'il voulait acheter une nouvelle voiture par exemple, ou séjourner plus longtemps ici ou là, à l'hôtel Miramar ou des Palmes, il devait passer par il Notaio. Cela faisait l'objet d'un compte à part. Le notaire transmettait la demande et elle ne refusait jamais mais elle tenait à remettre elle-même la somme à Indio, de la main à la main, il faisait parfois l'aller-retour dans la journée, car elle savait qu'en sa présence il ne mentait jamais. Sa crainte était toujours la même : qu'il utilise l'argent pour rentrer au Pérou. Elle vivait dans la terreur qu'il retourne là-bas, forcément sans elle car elle devenait presque infirme avec l'âge, comme si elle pressentait que s'il y retournait il ne reviendrait pas, qu'elle ne le verrait plus, c'est d'ailleurs ce qui est arrivé. Il Notaio pense qu'elle agissait aussi pour protéger leur fille Aurora, parce qu'Indio ne prêtait aucune attention à l'argent, l'argent n'avait pas de réalité pour lui. En ma qualité d'espion j'ai appris aussi d'autres choses. Elle boitait depuis sa naissance, sa boiterie avec l'âge l'avait rendue bossue et elle diminuait, elle devenait de plus en plus petite, elle avait de plus en plus de mal à se mettre au piano, car c'était une remarquable musicienne, et elle aidait les musiciens, elle pratiquait une sorte de mécénat, elle a contribué à créer le festival dei Due Mundi, à Spolète, les concerts du Domaine Musical à Paris, vous voyez ? Un jour elle hébergeait un pianiste de Caracas, un autre un violoniste émigré, parfois un quatuor entier ! A chacun elle finissait par imposer sa « lubie », sa « folie » qui consistait, quand Indio lui rendait visite, à le faire chanter. Même s'il y avait là un grand chanteur. Son plaisir était d'entendre Indio chanter en s'accompagnant sur sa guitare, même en présence du plus grand guitariste. Il chantait des « refrains niais », des airs de rien du tout ou des chansons populaires de là-bas. C'est comme ça qu'elle l'a connu à Lima. Elle approchait de la trentaine, elle n'avait pas trouvé à se marier à cause de sa disgrâce. Un soir que ses parents donnaient une grande réception en l'honneur d'une cantatrice de passage, la cantatrice a voulu remercier ses hôtes en chantant un air d'opéra et c'est elle qui s'est mise au piano pour l'accompagner. En jouant elle a remarqué dans l'assistance un jeune homme d'une grande beauté, très triste, et quand elle eut fini de jouer elle a remarqué qu'il ne connaissait personne dans l'assistance. Personne non plus ne lui parlait, il allait s'éclipser quand elle est allée vers lui et elle l'a retenu. Il lui a avoué tout de suite qu'il n'était pas invité, qu'il passait dans la rue avec sa guitare et qu'en voyant dans l'embrasure des fenêtres éclairées des silhouettes immobiles il s'était arrêté et qu'il avait entendu une voix merveilleuse, stupéfiante dans les aigus. Qu'il n'avait pu s'empêcher de monter et qu'il présentait ses excuses. Elle lui a demandé s'il était lui-même musicien. Il a répondu qu'il s'accompagnait sur sa guitare, il l'a désignée, posée derrière une statue, et qu'il chantait des airs « indiens ». Entre-temps la cantatrice intriguée s'était approchée et c'est entre ces deux marraines qu'il s'est retrouvé en train de chanter *El Indio* d'Atahualpa Yupanqui à la belle société liménienne dont il ne faisait pas partie. Après on ne l'a plus surnommé qu'Indio. Sont-ils tombés amoureux ? Pourquoi ? Comment se sont-ils mariés ? Je n'en sais rien. Le fait est qu'ils se sont mariés avec une clause entre eux exigée par les parents. Et quand ces derniers sont morts — l'un n'a pas tardé à suivre l'autre à quelques mois de distance — elle a voulu rompre la clause, qu'Indio dispose réellement de sa fortune, mais il a refusé. Il voulait respecter la volonté des défunts, vous comprenez, il ne voulait pas revenir sur son engagement envers eux. C'est pourquoi elle lui versait une pension, même quand ils vivaient encore ensemble. Ils sont allés en Europe pour la naissance d'Aurora. Madame Martinez avait la hantise d'un accident de naissance à cause de sa propre infirmité, elle ne croyait qu'aux médecins européens. Ensuite elle a tenu à ce que leur fille ait une éducation « à la française » bref, de fil en aiguille, ils ne sont plus retournés au Pérou. Selon le notaire l'assurance de voir Indio une fois par mois chassait dans l'esprit de sa femme l'appréhension qu'il puisse retourner « là-bas ». Indio la voyait d'ailleurs bien plus qu'une fois par mois, surtout l'hiver, quand elle habitait Milan pendant la saison de la Scala et qu'Aurora aussi habitait Milan avec son mari. Ils dînaient ensemble, sans le mari, tous les quinze jours et Indio venait de n'importe où pour ces dîners. La seule distance infranchissable était celle qui le séparait du Pérou. Il suffisait de voir son appartement à Rome. Je me trouvais à Rome depuis deux jours quand il a appelé de très bonne heure...

— Pour vous, interrompit Jacobo, de très bonne heure signifie quoi au juste?

— Quand celui qu'on appelle dort encore, répondit-elle agacée. J'ai entendu un grésillement *long distance*, j'ai cru que c'étaient mes parents, c'était lui. Il criait dans l'appareil : " Niña Constance, c'est toi? Niña, Constance, c'est toi? " J'entendais " niña " comme " love " et il me tutoyait. J'ai beaucoup de mal avec le tutoiement. Il proposait qu'on dîne ensemble le soir même. Je le croyais à Abano, il s'y trouvait effectivement, et quand j'ai compris qu'il allait faire quelques centaines de kilomètres simplement pour dîner avec moi j'ai eu un moment de panique, j'ai failli raccrocher. Il a éclaté de rire comme s'il voyait ma tête. Il riait en répétant non, ce n'est pas un drame! Il m'a assuré qu'il avait un rendez-vous important à Rome, je ne l'ai cru qu'à moitié. Il était très fier parce qu'il avait cassé son autre paire de lunettes. Il a crié que je l'attende à partir de huit heures, qu'il arrivait, et il a raccroché.

Jacobo : Il avait au moins une Ferrari. Je suis sûr qu'il avait une Ferrari. C'est exactement une Ferrari que je voudrais si je n'avais pas mon Harley Davidson.

— L'après-midi je me suis acheté via del Corso une paire de hautes sandales à lanières qui ne m'allaient pas du tout. Je n'étais pas assez brune pour les porter sans bas, et c'était l'été, avec des bas ça n'allait pas. J'avais une robe décolletée dans le dos mais dedans j'étais ridicule. J'ai renoncé à ressembler à cette Aurora. Et c'est maintenant que commence la véritable histoire. Il a sonné, j'ai ouvert. Il m'a soulevée de terre dans ses bras, il était tout essoufflé comme s'il avait couru depuis Abano, il était accouru tout droit comme un jeune homme, sans passer par chez lui, il était tout fripé, il transpirait, il était arrivé directement comme s'il avait vingt ans, avec une joie telle que je n'ai plus eu peur, j'en ai même oublié cette pauvre tante Flo qui aurait été si contente d'être à ma place. Il tenait mon visage contre son cou, il me serrait très fort et c'est alors que j'ai senti l'odeur pour la première fois. J'en suis pratiquement sûre puisque j'ai d'abord pensé que c'était la chaleur, une sueur un peu aigrelette. J'ai respiré dès le premier jour cette petite odeur et elle allait m'obséder puisque à Londres, quand il est venu me retrouver, je cherchais toujours à l'identifier, en vain, et finalement c'est elle qui m'a séparée de lui, elle la cause de... J'ai voulu me dégager pour l'embrasser, j'ai voulu attirer son visage en arrière, j'ai mis ma main dans ses cheveux et elle a dérapé, elle a glissé comme sur un toboggan, elle s'est retrouvée sur le col de sa chemise. Il a ri. J'ai cru que c'était la " gomina ", vous savez, cette sorte de brillantine que les Latinos mettent sur les cheveux. Oui, j'ai cru sur le moment que l'odeur était celle de la gomina qui tache les oreillers et je n'y ai plus pensé. Chez lui c'était le Pérou. En plein Rome, du côté de l'Aventin, un petit Pérou, avec une couverture en vigogne, des ponchos, des rayures quechua, des condors, des lamas, deux guitares, Indio à cheval, Indio encore enfant sur le Machu Picchu la main dans celle d'une très vieille femme qui portait un fichu, les lacs de montagne, partout, sur les murs, sur le sol. Je me suis réveillée au milieu de la nuit, il n'y avait pas de volets, on y voyait clair comme en plein jour à cause de la lune, ses yeux étaient grands ouverts, je lui ai demandé s'il avait dormi, il a dit non, niña Constance, j'ai vingt ans, je ne dors pas. Il faisait très chaud et il était froid. La couverture de vigogne avait glissé à terre, je m'étais enroulée dans le drap comme si j'étais seule et il n'avait pas bougé par crainte de me réveiller. J'ai remis sur lui le drap et la couverture, je l'ai réchauffé, il a fini par s'endormir. Au matin j'étais seule. Je me souviens que c'était un dimanche. Les cloches de San Giuliano arrivaient plus vite encore que celles de Santa Margarita, il m'avait expliqué la veille qu'elles se rencontraient dans sa chambre. L'appartement était petit et par la porte entrebâillée j'ai entendu chuchoter. Il parlait bas à quelqu'un qu'il tutoyait, en espagnol, et qui lui a répondu, une voix de femme, quelque chose comme : *sí señor, cómo no, ¡ claro que le va a gustar !* Ensuite il y a eu du bruit dans la salle de bains, comme s'il se lavait les dents. Je devais déjà être obsédée par son âge puisque j'ai eu de la peine pour lui, vous comprenez ? Comme s'il n'osait pas garder dans sa bouche son haleine de la nuit, qu'il préparait un faux baiser du matin... Je me trompais encore. Il ne se brossait pas du tout les dents pour me donner un baiser à la menthe ou à je ne sais quoi, il se lavait pour sa flûte. Il est entré dans ma chambre torse nu, dans un large pantalon blanc de paysan attaché à la taille par une cordelette, glissant sur de vieilles espadrilles qui tenaient par un seul lacet, et il jouait de la flûte ! C'était son bonjour. Une flûte étrange, qui reversait le souffle presque intact en musique. J'ai eu l'impression d'entendre le chant de son souffle. Rauque, plaintif, comme sur le point de se perdre, et puis pur, très gai, un chant qui ne faisait pas semblant d'être coupé du corps et qui exprimait les sentiments mieux que la voix. L'énergie des cloches redoublait, il a fermé la fenêtre en disant qu'elles étaient assommantes et jalouses parce que sa flûte à lui saluait le soleil. Et puis il l'a glissée entre mes lèvres : « Souffle, a-t-il dit, personne d'autre que moi n'y a jamais soufflé. " Je soufflai et sa main gauche jouait. Maintenant une autre surprise. Il est sorti et il est revenu avec un grand plateau qu'il a posé sur le lit. Entre la cafetière et des tasses dépareillées, comme s'il ne faisait jamais deux avec personne, ni toasts ni porridge, juste un bol, rempli à ras bord d'un liquide épais, rose-brun. Je déteste les flans, les gelées, tout ce qui tremble, cette couleur surtout, pas rose doré comme la gelée de coings ni rose-jaune comme la pomme, ni violet ni mirabelle ni rouge framboise, rose-brun, je ne vois pas mieux.

— J'ai trouvé, dit Jacobo. C'est de la gelée d'azeroles.

— Pas du tout. Vous n'y êtes pas.

— ... ?

— C'est du *dulce de leche.*

— Le flan argentin ? Pouah !

— Ni flan ni exclusivement argentin. De la confiture de lait.

— Encore une invention de nonnes espagnoles en exil. Je parie qu'il y a du miel là-dedans.

— Non, pas de miel, juste du sucre et du lait.

De toute façon ce n'est pas la peine d'essayer de décrire le *dulce de leche.* Il faudrait tremper sa plume dedans pour pouvoir en parler.

— A la longue c'est exquis mais au début j'ai trouvé ça écœurant.

— Tiens, moi c'est le contraire.

— Il m'encourageait tellement à chaque cuillerée... il était quasiment en extase comme un poète de dix ans, j'ai fini le bol.

— C'est lui qui faisait ça ?

— Non, c'est Asunción qui le suivait partout, la nourrice d'Aurora.

— Alors il existe une sœur de lait d'Aurora ?
— Cette histoire est sans fin.
— La mienne n'a pas vraiment commencé car c'est à Londres que...
— Ça me rappelle Dieu dans la pièce du docteur, le plus court *Don Juan* du monde. Dieu demande à don Juan (c'est l'épilogue) : Veux-tu que je te raconte l'histoire de l'histoire qui ne se termine jamais ?

— Moi je n'aime que les débuts... oui, je voudrais qu'il n'y ait que des débuts. Je n'aime pas ce qui recommence ou je n'aime pas recommencer. J'avais l'impression qu'Indio était tout le temps à Londres. Il y avait cette maison, Carlos Place, dont il habitait le second étage, le premier était entièrement sous des housses, même le grand Steinway de sa femme qui ne venait plus. Au rez-de-chaussée c'était le domaine d'Asunción. J'aurais pu mentir à mes parents pour passer des nuits avec lui mais je n'en avais pas envie. A cause de l'idée que je m'ennuyais avec lui, à cause de la petite odeur, je ne sais. Quand il n'entendait pas la sonnette, Asunción ouvrait, elle me faisait la tête, je montais, je le surprenais avec ses nouvelles lunettes, plongé dans la presse internationale à la page de la Bourse, parce qu'il essayait toujours de gagner de l'argent en achetant et en revendant les rares actions qu'il avait à son nom. C'était son seul travail puisqu'il avait chassé de sa vie le travail. Je trouvais cette activité stupide, je le croyais riche, oui, c'est bête, je n'ai pas compris qu'il était pauvre en vérité. Henry m'a combattue, mon... cousin, car un jour je les ai présentés, je voulais rompre mais il a tellement plu à Henry que ça m'a impressionnée. Ils ont parlé de voyages, de chevaux, Indio lui a montré le Machu Picchu et il lui a raconté le conte de l'homme qui ressemblait à un cheval, il a même fini par prendre sa guitare. Henry était sous le charme, subjugué, je le connais ! Après il m'a dit que des hommes comme lui étaient des merveilles en voie de disparition. Je suis retombée amoureuse quelques jours. La petite odeur revenait, je l'oubliais, et puis je la respirais alors même que je l'avais oubliée. D'où venait-elle ? Elle m'obsédait. Ce n'était ni la sueur de son corps, ni la sueur des aisselles, ni la gomina, ni rien de dessus ou de dessous, ce n'était pas l'odeur des extrémités, il avait des pieds d'enfant, beaux et secs, si beaux qu'on aurait pu l'adorer en partant de là. Elle revenait. Quelque chose d'âcre, de suri, dont j'imaginais aussi bien qu'elle pouvait provenir de l'oreille, mais ses oreilles étaient aussi propres que les fameux lacs de montagne, que des lignes de sa main. Depuis qu'il est mort je pense qu'il s'agissait des lignes de sa main. Un vendredi soir, mes parents avaient décidé au dernier moment de partir en week-end chez des amis, j'avais été particulièrement désagréable avec Indio la veille, quand il m'avait annoncé qu'il repartait huit jours, quinze jours, je ne sais où, alors qu'en fait j'en étais soulagée, j'ai éprouvé une sorte d'inquiétude. Le remords de ma mauvaise foi. Le même qui me réveille encore la nuit. Un élan m'a poussée à me contredire, à lui faire une surprise heureuse, la surprise d'arriver sans prévenir comme il affirmait que je pouvais faire nuit et jour à l'improviste. J'avais l'intention de dormir Carlos Place. Je pensais déjà avec un mélange de tendresse et d'exaspération au bol de dulce de leche, à la guitare, à la flûte, dont pourtant il ne jouait plus, aux yeux brillants, aux pieds d'enfant. J'ai sonné, je les ai surpris lui et Asunción en train de dîner à la cuisine, comme deux vieux Indiens, avec des tortillas de maïs et du chile con carne. Asunción tenait absolument à me laisser sa place, j'ai insisté en vain pour qu'elle achève son repas avec nous, elle était redevenue servante. La tortilla de maïs était infecte, le chile con carne emportait la bouche, mais je n'ai fait que des compliments, Indio paraissait si joyeux ! Je craignais cette joie que je ramenais de trop loin. C'est la dernière nuit que j'ai passée à Carlos Place, la dernière fois que je l'ai vu. Si heureux que même quand j'ai compris que c'était vraiment la dernière fois que je dormais avec lui je n'ai pas osé le lui dire. Voilà ce qui s'est passé : je me suis réveillée en pleine nuit, d'un cauchemar sans doute. Je n'ai pas reconnu la chambre, je ne savais pas où je me trouvais, qui dormait à côté de moi et j'ai ressenti une peur épouvantable car l'unique chose que je reconnaissais était une petite odeur terrible, liée à un escalier. L'escalier de mon collège, l'odeur qui est restée des semaines sur les marches après la mort de Miss Reynolds, une vieille demoiselle qui était notre professeur de musique. Nous montions derrière elle et elle nous est pratiquement tombée dessus, foudroyée. Elle est morte dans l'escalier et l'odeur est restée sans que je sache si c'est celle de Miss Reynolds morte ou des produits dont on s'est servi pour nettoyer l'escalier. Voilà c'est fini.

— Je n'ai pas compris, dit Jacobo.

— Après, Indio est mort, au Pérou.

— Oui, dit Constance. J'ignore s'il a reçu ou non la lettre où je lui disais que je préférais ne plus le revoir.

Jacobo, assommé, s'y est repris par deux fois pour se lever. Une fois debout il n'a rien trouvé à dire, sauf qu'il allait faire un petit pipi dans la mer.

Comme je remontais seule vers la maison, Iñaki est venu à ma rencontre. Il s'est frotté contre mes jambes nues. Bon chien ! Le docteur et Iñigo bavardaient sur la terrasse en compagnie d'un des maçons, le plus jeune. De loin, on aurait dit un marquis avec ses cheveux poudrés de plâtre et sa chemise blanche. J'ai tendu la main, la sienne s'est posée sous la mienne comme un plat de terre cuite chaude. Il avalait ses mots. J'ai compris que sa journée à lui était finie et qu'il allait prendre un bain dans la mer.

— Elle dort.

— Non, elle songe.

— Elle est épuisée. Comment peut-on passer tant d'heures sur la plage !

— Que m'expliquais-tu à propos de ce paravent ?

— Celui de Sôtatsu ?

— Non, celui aux feuilles de lierre posées sans raison sur la route d'un cavalier.

Elle en a appris des choses, niña Constance, sur son cavalier ! Plus que moi en quelques années. Sa liaison je m'en fous. Si je devais être jalouse de toutes les femmes avec lesquelles il a eu commerce ! Je suis jalouse du *niña,* qui n'est ni fille, *hija,* ni amour, *amor,* bien plus doux, entre la chérie et l'enfant. Niña Constance a non seulement l'âge d'être sa fille mais sa petite-fille. Il n'aura pas de petits-enfants, bien fait pour lui. Alors il dansait avec Aurora comme avec moi ? J'ai la fierté du bâtard, ma mère en éprouvait de la honte. C'est la faute à ma mère, la faute à ma mère... Je ne vais quand même pas entonner la rengaine. Je n'allais pas poser à Indio, l'été, les questions dont elle s'empoisonnait l'hiver ! Et d'abord je n'ai rien demandé parce que je ne demande rien. Je ne demande rien parce que je ne veux pas tout. J'ai horreur de « tout ». J'aurais quand même pu savoir pourquoi et depuis quand on l'appelait Indio ! Il était tellement Indio pour moi.

Je dresse une liste. Il a parcouru aussi des centaines de kilomètres pour moi. Il m'appelait mi amor et quand je vivais avec lui l'été toutes les autres femmes m'enviaient. Il m'a donné le goût du soleil et de la lune, il m'a donné ma seule nuit blanche, celle où je n'ai pas eu sommeil une minute, et sa théorie du moment unique que je ne sais toujours pas appliquer. Il m'a donné le docteur et l'Espagne, sinon le Pérou où je n'irai jamais. Il m'a donné son panama. Où ai-je donc mis ce panama ?

Le docteur éclate de rire :

— Niña, niña, mais des panamas il en a eu une douzaine !

— Et les feutres mous, renchérit Iñigo, et les casquettes anglaises, et les petits chapeaux blancs ridicules qu'il mettait sur le bateau !

Ils continuent l'énumération tandis que je perquisitionne minutieusement dans mon appartement laissé quelque part près du jardin du Luxembourg.

— Tellement convaincu que l'élégance se juge aux extrémités que tu l'avais surnommé Nord-Sud !

— Et tu te rappelles comment...

Le docteur fut brusquement interrompu par la censure. Ça m'était bien égal. Le panama était retrouvé. Il avait été descendu à la cave dans un grand carton, avec les lettres, par Léonard. Pas étonnant.

A Los Heraldos, il n'y a ni cave ni grenier, c'est le garage qui en tient lieu. Andrew y prend le frais. Au lieu de s'installer sous les arbres il préfère s'asseoir moitié dehors moitié dedans le garage, sur un vieux rocking-chair. Il se balance et il boit de la bière.

— Et ça, Andrew, qu'est-ce que c'est ?

— Miss Constance a posé la même question. La curiosité est le péché des femmes.

— Et quel est le péché des hommes ?

— N'y touchez surtout pas. C'est la planche à voile de Mr Henry.

J'avais impressionné Constance par mon absence de commentaires. Elle devait m'attribuer une indifférence magistrale. Je ne voulais pas tomber dans les pièges de la rousse et me mettre à parler d'Indio comme si j'étais une femme et qu'elle était sa fille ! J'attendais pourtant du dîner Casa Jorge, des lumières sur Constance et les hommes.

Quasiment vide, selon les prévisions de Jacobo la veille, quand nous sommes arrivés sur les neuf heures. Les garçons plaisantaient entre eux en apportant les olives. Jorge, le patron, profita du vide pour faire les honneurs de sa collection. Tout le pan de mur nu, là, en face de notre table, était une œuvre de Weiner. Une « œuvre en déplacement ». Le docteur n'en croyait pas ses yeux :

— Alors le vide est partout !

Devant son enthousiasme Jorge alla chercher une brochure du peintre. Il la montrait en jurant dessus, comme s'il ne savait pas lire. Constance traduisit

under and over	*over and under*	*and under and over*
down and out	*out and down*	*and down and out*
back and forth	*forth and back*	*and...*

dans son parfait espagnol d'Oxford. Le docteur posait des tas de questions. Je m'amusais d'entendre Jorge, un forban couvert de croix et d'amulettes, prononcer l'oraison funèbre du pain bleu de Man Ray et célébrer la baguette rouge de son ready-made préféré, au-dessus de l'aquarium aux langoustes. Jacobo énervé (il sentait l'alcool avant de boire) affirma que la baguette parisienne était le seul bon souvenir qu'il gardait de Paris. Tout aussi péremptoire, le docteur énuméra les trois choses qu'il ne supportait pas en France : la sociologie, le champagne et le surréalisme. J'espérais qu'ils laisseraient en paix la « femme française » sujet de dispute éternel de l'autre côté des Pyrénées mais voilà que l'ex-épouse de Jacobo en était ! Et qu'elle éduquait leur fils dans la haine de l'Espagne ! Le docteur empressé conseilla, dès que le tribunal autoriserait le père à passer les vacances avec son fils, d'acheter un bocal et deux poissons, l'un rouge et l'autre gris, qu'on baptiserait *Rojo* et *Gris* pour que l'enfant, tout en jouant, parce que les enfants ne retiennent que ce avec quoi ils jouent, apprenne à dire les erres et les jotas. Et que plus tard, adulte, il serait partisan du rouge de la République espagnole et convaincu que Gris est le plus grand peintre. Sur la lancée il fit réciter à Constance *erre con erre cigarros/erre con erre barril/rápido ruedan los carros/los carros del ferrocaril/*et, à Jacobo, *les chaussettes de l'archiduchesse.*

Au fur et à mesure que se déroulait la comptine des difficultés en trois langues, et que les bouteilles se vidaient, ma sympathie pour Jacobo diminuait. Sa coupe de cheveux en lauriers accentuait la grosseur de sa tête, il devenait franchement laid. Impossible de distinguer s'il jouait au rustre ou s'il en était un. Il avait lapé son gazpacho, sucé des arêtes de poisson, cherché avec les doigts une fibre d'ananas restée entre ses dents, chaque fois avec l'ostentation d'un intellectuel parvenu à être paysan. Au dessert il faisait pleuvoir les affaires locales et le docteur jouait à replacer ses descriptions agricoles dans leur contexte politique.

— Curé communiste ! s'écria-t-il quand Jacobo eut évoqué la première dénonciation en chaire de ceux qui arrachent les oliviers, les chênes, plantent des eucalyptus et ruinent la région pour alimenter les usines à papier des Américains de Huelva.

Il identifia sur-le-champ la propriété du grand éleveur de taureaux d'où avaient surgi, la nuit du coup d'Etat de Tejero, non les taureaux mais un troupeau de camions militaires. Il sortit de sa manche non seulement le nom mais les trois prénoms du maire socialiste qui avait autorisé l'implantation, à Alajar, d'une communauté musulmane dont Jacobo portait au pinacle le système d'irrigation et les innovations maraîchères. Il connaissait même celui qui avait déclenché les hostilités contre eux et finalement obtenu leur départ que Jacobo déplorait, certes, mais sans en attribuer la responsabilité à personne de précis. On eût dit que les noms propres écorchaient les lèvres de l'homme à tout faire d'Iñigo. Il sursautait en les entendant surgir de la bouche de vérité du docteur et il lui roulait son regard effaré de mélodrame. A moins qu'il ne fût personnellement convaincu, ou averti, que ledit patron collectionneur d'art conceptuel l'était tout autant de renseignements réalistes. Dans ce cas le docteur prenait, à son habitude, des risques inutiles. Qui cherchait-il à éblouir avec ses connaissances d'Andalou universel ? Pas moi, prête à jurer que le Zambèze et les environs n'avaient pas de secret pour lui !

Tandis que j'orientais ma mauvaise humeur sur Jacobo, Constance nous avait carrément mis sous globe le docteur et moi. Elle ne faisait pas plus cas de nous que si nous étions une paire de reliques, captivée par les sous-produits du cochon noir en voie de disparition — puisqu'il ne trouve plus de glands dans les montagnes où il n'y a plus de chênes. Jacobo, dans tous ses états, n'omettait aucun aspect de ce problème du cochon noir, frère du sanglier, dont la fin lamentable allait entraîner celle de l'excellent jambon serrano qu'un feu odorant alimenté par des branches d'arbres fruitiers et de romarin fume pendant les longs hivers dans la cuisine des paysans etc. De toute évidence je commettais une sottise en attribuant l'échauffement de Jacobo à l'alcool. C'est l'Anglaise qui l'échauffait, la rousse qui le faisait rougir et transpirer. Et la petite de son côté était fort capable d'en déduire qu'il avait une raison cachée d'avoir si chaud, une bonne paire de couilles, par exemple, solidement assises. Cela l'entraînerait-il jusqu'à Aracena ?

Constance nous déposa avec la voiture et repartit sur la moto de Jacobo. Andrew avait laissé allumées les lumières de la terrasse afin de nous guider. J'avais pris le bras du docteur.

— J'aime moins la nuit, me confia-t-il. Avant, la nuit était un paysage, je la traversais comme un livre, maintenant je la préfère dans ma chambre. Ce qui est un contresens. Figure-toi que maintenant il m'arrive de rêver dans mon lit ! A Malaga ou à Séville, je ne sais plus, j'avais rencontré quelqu'un qui voulait monter *La vie est un songe* dans des draps blancs. Mettre tous les acteurs au lit. Je n'étais pas d'accord. Le lit était pour moi, j'étais jeune, le tombeau du rêve.

En fait les lumières étaient celles de la bibliothèque où Iñigo se trouvait encore.

— On va demander à Iñigo quel écrivain français a dit : Je n'aime pas les rêves, ils sont la littérature du sommeil.

— Je ne sais pas du tout. Où est ma nièce ? Avec le régisseur ? Parfait.

Il tenait entre ses mains une revue à couverture orange.

— Ecoutez un peu ce portrait d'homme libre et dites-moi s'il ne vous fait pas penser à quelqu'un : *Bonjour, atmosphère, étoiles et terre ! Quelle légèreté est la vôtre dans ma main. Comme nous nous entendons, et comme nous savons rire. O merveilles ! Je suis encore plus léger que vous...*

Des bruits d'eau, des sifflements m'ont réveillée en sursaut. J'ai regardé les aiguilles phosphorescentes de Braun et la lune — un vieux néon depuis que je lui préférais les étoiles — l'a confirmé : plutôt trois heures et demie que six heures et quart. Sur la pointe des pieds je me suis approchée de la porte pour écouter ce qui se disait. Elle sifflait comme un serpent. Bloody bastard ! Son of a bitch ! What a fucking prick ! Hihihi elle devait être saoule. I hate him I hate men. Hihihi elle n'aime personne cette petite, pas plus les hommes que les femmes. Personne, ça ne veut pas dire rien ! Elle me rappelle quelqu'un qui écoute aux portes... et je retournai vite me coucher avec mon cliquetis de rire imité du docteur. Un instant après voilà que je suis de nouveau réveillée, par un déclic. En fait c'était longtemps après puisqu'il faisait grand jour. Mais pourquoi faisait-il grand jour dans ma chambre ? Les volets s'étaient ouverts tout seuls. A moins qu'on n'ait fait sauter de l'extérieur l'espagnolette qui les tenait entrouverts ? Oui c'était ça le déclic. Qui venait m'espionner quand je dormais ? Mais avais-je réellement fermé les volets ? Comment la lune, alors, avait-elle pu suffisamment m'éclairer quand j'étais allée droit écouter aux portes bloody bastard et autres insanités ?

J'étais venue prendre un livre à lire sur la plage, juste un instant, et puis les rangées de trésors dans les bibliothèques à vitrine d'Iñigo m'ont retenue. J'avais à portée de la main l'édition originale d'*Horizon carré* et de *La lucarne ovale, La liberté ou l'amour !, La realidad y el deseo,* les vingt premiers numéros de la revue *Commerce,* les seize de *Nord-Sud,* le fameux numéro zéro de la revue interdite où le docteur, sous pseudonyme, avait publié son premier pamphlet et qu'il essayait à chaque séjour, selon la légende, de subtiliser une seconde avant qu'Iñigo ne le surprenne en criant : « Au voleur ! » J'entendais cet « Au voleur ! » et le docteur protester de son innocence... Je troquais déjà avec délices la matinée sur la plage contre une matinée de pur fil quand le remue-ménage dehors a tourné à l'émeute. Andrew criait, une autre voix d'homme aussi, Iñaki aboyait avec fureur, j'ai reconnu des ordres en anglais, Iñigo devait avoir perdu son sang-froid. J'ai mis un pied dehors, sur la terrasse j'ai fait un pas, et puis un autre, précautionneusement, sans me montrer, pour retourner plus vite à cet exemplaire de *Seins* que je feuilletais pour la première fois, hélas ! je n'y reviendrais pas de sitôt. La scène de la pelouse m'avait littéralement prise à la gorge.

Son dénouement plutôt, je n'en surprenais que la fin, et encore, une fausse fin puisque j'allais assister virtuellement, sans rien voir, à la vraie scène dont ne se jouaient là-bas que les préliminaires. A dire vrai je n'ai rien vu bouger sur la pelouse. L'image des hommes s'est impressionnée à l'arrêt, comme un plan fixe. C'est moi qu'elle paralysait. Comme dans ce rêve, rêvé à quinze ans, où une main d'homme, une main divine puisqu'elle est l'exacte reproduction de la main de Dieu du maître de Tahüll, se pose sur mon visage pour l'arrêter, le figer, pour que je ne puisse pas intervenir tout en étant témoin de ces métamorphoses horribles qui vont se succéder sur le lit, au coin de la pièce, où l'homme et la femme se font des piqûres, se piquent et se transforment jusqu'à ce que...

D'où venait ce pressentiment, moi qui n'ai aucun instinct, au premier regard sur la pelouse, d'une scène interdite, sinon du vieux cauchemar? Car il ne se passait là-bas rien de si terrible. Pourtant c'était terrible. Même si j'avais été capable après de m'enfuir de la bibliothèque en sautant par la fenêtre de derrière qui donne sur la courette, ou de briser une vitrine pour avertir de ma présence, je garderais de cette vision sur la pelouse la même anxiété.

Comme une photographie où tout le monde me tourne le dos. Au fond la petite maison, les volets fermés de Constance, elle ne veut rien savoir. Les miens sont grands ouverts. Et de ma fenêtre — qu'est-ce qu'il fout dans ma chambre celui-là? — sort jusqu'à la taille le jeune maçon (le marquis). Il se penche pour apercevoir devant le patio, à l'autre bout, l'autre maçon qui est tourné vers le pin parasol. C'est contre cet arbre d'habitude qu'il pose sa bicyclette. Seulement il n'y a plus de bicyclette et le second maçon lève le poing contre le pin parasol, un genou en l'air, stoppé net dans sa tentative de courir après. Comme ils sont tournés vers l'allée j'en déduis que c'est par là que la bicyclette a dû s'enfuir. Iñigo les empêche de bouger. Il porte un bermuda kaki, il est torse nu, gigantesque. Il vient de frapper avec une courroie, une laisse ou sa ceinture, Iñaki tout honteux qui cache son museau dans l'herbe entre les pattes. On a l'impression aussi qu'Iñigo fait un bras de fer avec Andrew pour lui faire lâcher quelque chose de brillant. Andrew est dans son tablier bleu qu'il met pour éplucher les légumes. Au milieu d'eux il y a un petit garçon que je distingue à peine car il se cache, il se fait tout petit derrière Iñigo en se protégeant le visage avec le bras par peur d'être giflé, mordu, blessé, que sais-je ! Ses boucles noires sont presque aussi bleues que la tablier d'Andrew. C'est la seule chose que je vois bouger. Elles bougent, elles tremblent sur son bras replié, comme s'il sanglotait à l'intérieur.

Après, tout s'est passé si vite que je n'ai pas pu agir autrement. Les maçons ont disparu comme dans une boîte. Andrew est reparti vers les cuisines en tenant Iñaki par le collier et Iñigo au pas de charge s'est dirigé vers moi, enfin, vers la bibliothèque, en tenant l'enfant par le cou. Au lieu de sortir en courant de la bibliothèque j'ai réagi en me cachant. Au lieu de trahir quelque chose en sortant de la bibliothèque, j'ai préféré me trahir moi-même en acceptant les preuves qui allaient m'être données. L'épreuve ! Tout cela je le pense évidemment après coup, je l'interprète, sur le moment je n'ai songé qu'à me cacher derrière le paravent de peur d'être surprise par Iñigo en colère. Un paravent laqué qui sépare le bureau proprement dit d'une sorte de cabinet aménagé pour le docteur quand il veut écrire une lettre ou taper un article. Et je fixe la machine à écrire sur la table comme si elle enregistrait.

« Qui est l'autre hein... celui qui a filé avec la bicyclette... on va tirer les choses au clair jeune voyou... alors on entre comme ça avec un complice dans une propriété privée.. chien méchant interdiction d'entrer on n'a peur de rien... mouche-toi dans ce mouchoir et arrête de pleurer... qui est l'autre qui a filé avec la bicyclette dis... le garçon avec qui tu es venu il n'est pas mineur il me semble quel âge a-t-il... réponds au lieu de t'enrouler comme un cobra... je connais vos simagrées ni le lieu ni le moment... si je n'avais pas tout arrêté vous vous retrouviez tous les deux au commissariat... au poste tu comprends... qu'est-ce que tu mais qu'est-ce que tu... quand on les vole les gens dénoncent... te coûter très cher... laisse ma ceinture tranquille s'il te plaît sinon je te... ce n'est pas ce que tu attends je suppose... deux petits voyous qui viennent se... et mineur lui aussi... défais... qu'est-ce que tu lui as raconté au juste pour qu'il... quel âge exactement... oui... tu avais appris mon adresse par cœur fouillé mes poches mon portefeuille... venir faire du chantage... tu l'as bien gardée dans ta tête pour... explique un peu comment tu as fait pour venir jusqu... dépensé tout ton argent pas vrai... prouve que tu n'es pas venu... tu sais très bien ce que ça veut dire chantage... si tu continues tu vas en avoir plein la... qu'est-ce que tu aurais pris à la place... un bon coup de couteau arrête tu vas me... même pas de slip te promenant comme ça tout prêt tout nu dans ton pantalon... l'autre voyou aussi je parie... toute la main j'ai toute la main Saïd dans ton pantalon... comment il s'appelle ce cousin... deux petits mecs qui ne pensent qu'à baisser leur pantalon... l'oncle doit être en train de vous chercher peut-être déjà à la police... je vais faire téléphoner à la poste on ira le prévenir... tout de suite ou tout de suite tu veux autre chose... si je comprends bien toi tu prends une giclée pendant que l'autre se remplit les poches... ah non ah non ce n'est pas ça mais ça t'excite beaucoup cette idée... jure que tu ne recommenceras pas et je te... je t'ai expliqué que je ne viendrais pas en août... tourne-toi bien... en août il y a des amis... tu sens ce que tu vas prendre... là... noir comme j'aime... petit cul noir bien ouvert... mouille mouille Saïd c'est pour ça que tu es venu tu vas l'avoir... doucement doucement tu ne pouvais pas attendre... pour ça que tu es venu petite pute... pour que je te lance au ciel d'un coup de queue... »

Surprendre ça, l'écouter, cachée, paralysée dans un coin, être là, savoir que c'est Iñigo Jones, quelle honte ! Je le supplie de parler moins fort, il gueule, n'importe qui peut entendre, je le supplie de baisser le souffle quand il devient si fort si bruyant qu'il n'y a plus de doute, couper couper le son, ce son de gorge obscène qu'il a fallu tous ces mots pour lâcher. Je me bouche les oreilles. Le petit Arabe foutu tant pis, s'il jouit, s'il fait semblant, mais Iñigo ! Je me bouche les oreilles, j'appuie toute la paume, je n'entends plus qu'un bruit de marée. Tout remonte en images. Encore plus fort. Mon cœur cogne dans la cage et me fait mal comme un hoquet d'ivrogne.

Quand j'ai trouvé le courage de bouger je savais que la pièce serait vide. Dans le cendrier le mouchoir roulé en boule. A la cuisine personne. Si, un mot d'Andrew sur la table : il se repose dans sa chambre, il ne se sent pas bien. Le déjeuner se trouve dans le frigidaire. Monsieur est parti avec la voiture et sera de retour pour dîner. Je rencontre enfin le docteur, enfin sorti de sa chambre. Comme s'il lisait sur mon visage le besoin de me livrer, qui est livrer autrui, il dessine immédiatement sur ses lèvres le signe du silence.

— Silence, répète-t-il le doigt sur les lèvres. De cela nous ne sommes pas les maîtres.

Il rentre dans la bibliothèque et il s'assoit dans le fauteuil au bord duquel j'ai imaginé Iñigo emprisonnant Saïd entre ses genoux, les yeux dans les yeux pour cette minute de vérité qui s'est tournée en une autre vérité. Il fait lourd. Nous sommes encastrés dans la chaleur et le silence comme dans l'épaisseur étouffante d'un mur. J'ai renoncé à bouger. Au début je me suis assise et relevée, j'ai pris un journal, je n'ai pas osé tourner les pages, j'ai été tentée d'aller téléphoner à Elche, à Antibes, n'importe où, de rejoindre Constance sur la plage. J'ai cherché une cigarette, je n'en ai pas trouvé et finalement, contrainte, j'ai lentement cédé à la volonté du docteur qui était de me faire demeurer tranquille, en silence, immobile, le regard fixé sur moi-même.

Je n'y ai pas découvert grand-chose mais l'anxiété a desserré sa griffe. Personne n'ira me demander mon avis, personne d'autre que moi ne cherche à savoir pourquoi j'ai si peur dans mon rêve et dans le cagibi. Je n'ai pas à me prononcer. Cette impunité me redonne confiance. Je peux aller de l'un à l'autre comme pour un tiers, en jouant le jeu de la vérité.

— De quoi le sujet a-t-il peur ? De voir sans être vu ?

— Non puisque la main de Dieu du maître de Tahüll en s'apposant contre mon visage... son visage, confirme avant toute chose sa présence.

— Alors d'assister à quelque chose de défendu ? Mais le sujet a coutume de prétendre que rien n'est défendu, sexuellement parlant, bien sûr. Que les hommes avec les femmes ou chacune des espèces ensemble cela va de soi, c'est comme il vous plaira. Ses déclarations de principe sont bien suivies d'actes ?

— Oui.

— Le sujet se juge-t-il homme ou femme ?

— Finalement femme.

— S'il est femme il ne peut donc jamais être un homme avec un homme. Est-ce cela qui le désespère ?

— Non puisqu'il juge aussi insupportable ce qui se passe sur le lit du rêve entre l'homme et la femme.

— Est-ce la bête à deux dos qui effraye le sujet ?

— Le sujet ne pense jamais qu'il fait la bête à deux dos. Il croit qu'il fait l'ange et l'autre c'est la bête.

— Comment ça ?

— Il croit accomplir le désir de l'autre et jamais le sien propre.

— Le sujet n'éprouve-t-il pas de désir ?

— Certainement que si. Mais il est comme Bartleby, il préférerait ne pas le faire.

— Alors pourquoi le fait-il ?

— Il n'y a que le désir qui fasse plaisir aux autres.

— Le sujet est-il à ce point soucieux de l'humanité qu'il ne songe qu'à lui faire plaisir ?

— Non.

— Alors ?

— Pour ne pas être un objet de plaisir.

— Qu'est-ce que le sujet perdrait à être un objet ?

— La maîtrise.

— Maîtrise de quoi ?

— ...

— Le sujet veut être maître de quoi ?

— De soi.

— Ah. Il veut être maître de soi comme de l'u...

— Il ne veut l'être d'aucun univers. Il souhaite simplement ne se reposer sur personne, n'avoir besoin de personne.

— Pour que rien, jamais, ne vienne à lui manquer ?

— Peut-être.

— Et l'amour ?

— Le sujet n'aime pas l'amour.

— Alors pourquoi le fait-il ?

— Parce que c'est une expression française.

— Allons allons !

— Par égard pour la chasteté.

Pourquoi mettre si haut la chasteté ? Christianisme ? Quichottisme ? Bovarysme ? Il faudrait sortir des -ismes, faire un pas de plus sinon le docteur va s'ennuyer. Il s'évente avec un chasse-mouches. Il attend avec son air ironique — que j'avance ou que je recule ? Enfin c'est clair. Iñigo devant Saïd n'est plus

Iñigo Jones. Et moi-même si je m'étais trouvée sur le lit où l'homme et la femme se piquent, se déforment et se transforment, que serais-je devenue? Qui, après, aurait été capable de me reconnaître pour me faire redevenir qui je suis? Un commissaire de la police divine? Sauf que je suis déjà métamorphosée puisqu'en me désignant la main de Dieu a paralysé mon visage. Il s'est rempli de petites rigoles, tout incrusté de laideur. Serais-je catholique à ce point? D'où me vient que la chasteté seule peut lutter contre la perte d'identité qui est de faire un avec un autre que Dieu?

Etre une petite urne vivante de ne contenir que ses futures propres cendres et rien que les siennes, ça ta destination?

Le silence a eu raison de moi. J'ai levé les yeux avec reconnaissance sur mon maître. Il a raison, quelle répugnante destination! Elle lui répugne tellement qu'il s'est caché le visage entre les mains. Le bout de ses doigts appuie très fort sur le front pour chasser cette nouvelle migraine que je lui ai donnée. Il demande un grand verre d'eau non glacée et une aspirine. Ses traits sont tirés. Il souffre de la chaleur. En même temps que l'aspirine il prend dans sa petite boîte de Tolède un autre comprimé.

Impossible de fabriquer le moindre courant d'air. J'ai ouvert la fenêtre de derrière sur la courette et la porte de la salle à manger mais il n'y a rien à faire car il n'y a pas d'air.

— Je préfère la chaleur dans les villes construites pour s'en protéger, dit-il enfin. Je crois que je vais rentrer à Séville, tu m'accompagnes?

Rien ne peut me toucher davantage. Dans un geste

d'affection je lui prends la main. Elle est froide. Mon geste m'apparaît déplacé. Je m'installe à ses pieds et je l'évente avec le chasse-mouches.

Tout reposé mais alarmé d'avoir trouvé intact son déjeuner dans le frigidaire, Andrew a fait son apparition. Discussion sur le climat. Il propose du thé glacé et des tartelettes aux prunes encore tièdes. Sur ce, arrive le jeune maçon. Leur travail est pratiquement terminé. Ils achèvent le patio demain matin et nous invitent tous, le soir, à des sardines grillées sur la plage. L'autre a-t-il retrouvé sa bicyclette? La mauvaise aventure du matin ils l'effacent d'un revers de main, comme des seigneurs, en nous invitant à une fête.

— Es-tu fiancé? demande le docteur.

Le garçon répond un non brutal sans regarder. Il ajoute qu'il veut émigrer.

Arrosé de lavande, briqué comme un sou neuf, Jacobo est venu chercher Miss Constance qui n'était pas prête, selon Andrew, parce qu'elle se lavait la tête. Il arborait une chemise jaune canari.

— Très beau, ce soir, a commenté Iñigo, beau...

— Comme une salle de bains, a terminé le docteur.

Iñigo s'est esclaffé. Les pieds de Jacobo se sont encore allongés. Mais qui donc disait ça? a fait semblant de me demander le docteur comme pour se faire excuser. Moi je repensais à la colère dans la salle de bains. Constance était inconséquente. Ou incontinente.

Tout en versant un jerez à Jacobo, histoire de lui remonter le moral, Iñigo lui a fixé rendez-vous tôt le lendemain à huit heures et demie du matin. Ils avaient du travail, des décisions à prendre au sujet d'Aracena. En fixant le rendez-vous si matin il suggérait de ramener sa nièce à une heure décente ! Jacobo se le tiendrait pour dit. Elle n'arrivait toujours pas et Iñigo a versé un autre jerez. Dommage, Jacobo ne sentirait plus la lavande. Il avait à nouveau sa bonne tête effarée, si effarée qu'elle n'a même pas vu Constance arriver, les cheveux encore mouillés, dans sa tunique indienne. A peine ont-ils été partis qu'Iñigo s'est tourné vers moi. C'est la première phrase qu'il m'adressait depuis son retour.

— Jacobo est persuadé qu'il a acheté une chemise beige, tu ne crois pas ? Et Constance, que sa tunique vient des Indes.

Aucun changement, aucune trace. Serein comme s'il avait pris une décision ou que rien ne fût arrivé. Nous avions dîné et nous prenions le frais sur la terrasse.

— Quel bienfait la fraîcheur !

La porte-fenêtre de la bibliothèque était grande ouverte. La nuit noire avalait tout ce qu'il y avait eu de noirceur dans la pièce. Elle venait jusque dans la gorge chercher les choses obscures afin de les avaler dans son tout. A moins qu'elle n'en fît des étoiles. Oui, au ciel, autant d'éclats humains transformés en éclats stellaires. Alors la contemplation du ciel étoilé, occupation de mes saints préférés, n'était peut-être pas de tout repos ? Pourtant il y a de la quiétude à contempler ce qu'on a extirpé de soi, là, brillamment fixé sur la nuit noire, loin, ce qui faisait battre le cœur, haleter.

Le docteur ayant émis son vœu de regagner Séville, Iñigo insista pour l'y conduire en bateau, en remontant le Guadalquivir. Il suffisait de prévenir son capitaine. *Iñigo III* lèverait aussitôt l'ancre et viendrait de Cadix à Malaga nous chercher. Après-demain. Parfait. On mettrait Constance sur un vol Malaga-Londres via Madrid, n'anticipant que d'un jour la date prévue de son retour, et on voguerait tranquillement tous les trois vers Séville. Il m'incluait, chassant mes dernières craintes, il ne s'était rendu compte de rien.

— C'est une folie, dit le docteur, je ne peux pas refuser. Dans ce pays, reprit-il un moment après, j'ai eu l'occasion de rencontrer des cas de folie admirables. Villalón, par exemple.

— L'horticulteur ? demanda Iñigo.

— Non, Fernando, l'éleveur de Séville. Tu ne peux pas l'avoir connu, je l'ai à peine connu moi-même, par contre j'ai bien connu sa veuve. Sa veuve morale, j'entends, car ils n'étaient pas mariés, ce qui à l'époque a fait scandale. Et il lui a tout légué, autre scandale, personne ne savait qu'il était ruiné. Si elle était encore en vie on serait allés lui rendre visite, elle adorait les visites. Elle aurait près de cent ans. Quand je l'ai vue pour la dernière fois, en plein hiver, un hiver très rude, elle était encore bien jolie, un petit ruban noir autour du cou. Elle ne quittait plus guère le coin du feu où il n'y avait pas de feu mais un gros poêle en faïence qui fumait, elle habitait son salon pour faire des économies, entourée de têtes de taureaux empaillées, les plus beaux de l'élevage et elle papotait de façon exquise. Elle racontait qui était avec qui et comment l'oncle s'était servi du neveu pour escroquer le cousin dont la femme était la maîtresse de l'éditeur qui refusait de rééditer Fernando... Elle revenait immanquablement à lui et se mettait à réciter ses poèmes. Il était un très bon poète. Il a épaté la « génération de 27 », comme dit Constance, au grand complet, Luis, Federico, tous, en venant à l'Ateneo lire ses vers. On s'était réunis pour fêter Góngora, on s'est trouvés devant Villalón qui passait pour un señorito richissime un peu toqué.

— Toqué ?

— Un riche éleveur qui n'épousait pas et pratiquait la poésie !

— Alors il n'était pas si fou.

— Eh bien justement si : il s'est ruiné. Et vous savez comment ?

Si Indio avait été là il n'aurait pas été content. Il boudait quand le docteur posait des questions impossibles, il regardait par la fenêtre comme si la réponse pouvait venir de l'extérieur, il boudait.

— Villalón s'est ruiné en cherchant à produire une race de taureaux aux yeux verts. Parfaitement. Vous me direz : qu'a-t-il bien pu léguer, alors, à la pauvre jeune femme qui vivait avec lui ? Eh bien justement les têtes de taureaux dont les yeux n'étaient pas tout à fait noirs. A propos, tu as lu *El licenciado Vidriera* que je t'avais offert je ne sais même plus quand ?

Je vais m'empresser de le lire mais, comme Indio, je hoche vigoureusement la tête.

— Là aussi cas de folie admirable. Le licencié est normal, absolument normal, sauf sur un point : il se croit en verre.

Lorsque Indio tournait franchement le dos à une conversation intéressante cela m'agaçait, je croyais qu'il faisait exprès, précisément parce qu'il n'avait rien à dire, ne savait pas, ne voulait pas savoir. Plutôt que d'apprendre il baguenaudait. Moi j'écoute et j'oublie, ce n'est pas mieux. Lui agissait ostensiblement. Il battait les cartes, tentait une réussite, demandait un café mais le plus souvent se réfugiait dans son lieu favori, l'embrasure des fenêtres. Je me demande s'il ne cherchait pas dehors une anse de réalité à laquelle s'accrocher aussi fermement que le docteur à la prose ou à la poésie. J'ai cru entendre sa façon sentencieuse de répondre, de paysan ou de proverbe, quand il se sentait mal à l'aise :

— Chacun de nous a sa folie propre. Malheureux qui passe sa vie sans la trouver.

Le docteur se mit à rire, un petit rire de démon. Le cognac tressautait dans son verre.

— Ah Iñigo toi tu sais, mais cette femme aux yeux bleus, crois-tu qu'elle finira par découvrir la sienne ? Et d'abord qu'y a-t-il de si fou à imaginer un taureau aux yeux verts ? Villalón ne ruinait personne excepté lui-même. Et qu'y a-t-il de fou à se croire de verre ? Le verre est composé de sable, d'eau et de souffle. L'homme a bien été créé ainsi, avec de la boue, un mélange de terre et d'eau dans lequel Dieu a soufflé. Est-ce fou de se croire humain ?

— Métaphysique, contra Iñigo.

Indio se tournait radieux vers la personne qui le sortait d'un mauvais pas, en trouvant le mot qu'il cherchait. Le docteur fit la nique.

— Le licencié est absolument normal, folie comprise. Si son corps se brise, il lui reste l'esprit. Il reste l'esprit. Moi mon esprit est dans mes os. Je suis sauvé. Je ne suis pas un roseau mais un squelette pensant. Voilà pourquoi je ne dissocie pas la pensée de l'action. Voilà pourquoi je suis espagnol.

Voilà comment, après m'avoir rudement percée à jour, le docteur sous son parachute revint à son squelette. Ses poignets, ses chevilles me paraissaient si fragiles qu'en les serrant un peu fort dans la main j'aurais pu les casser.

— Qui a lu *Seins* et l'a laissé sur le rebord de la bibliothèque ?

— Moi.

J'ai peur. Il est minuit passé. Iñigo n'a pas sommeil. Il vient d'allumer un cigare, très long. On a entendu pétarader la moto de Jacobo et des « à demain » criés sur la pelouse. Le docteur s'est retiré, Iñigo m'a retenue.

— J'ai une question à te poser.

J'attends. Je sais que j'ai raison d'avoir peur. Je veux simuler le courage pour l'avoir. Je m'assieds dans le fauteuil qu'a quitté le docteur. Je regarde Iñigo le plus droit possible dans les yeux. Bleu contre bleu. Je cherche la petite goutte de douleur pure, je ne vois rien.

— Pourquoi as-tu laissé mourir Indio seul ? Aurora ne pouvait pas quitter sa mère. Mais Dorotea ? Encore pour Dorotea je m'explique. Mais toi ? Tu ne vas pas me faire croire que tu ne savais pas ? Pourquoi as-tu laissé Indio mourir seul ?

Je ne peux plus respirer. Va-t-il desserrer sa question autour de ma gorge ?

— Il est allé en toute connaissance de cause mourir au Pérou.

Le sang s'est retiré de moi comme dans le tableau.

Iñigo balaie l'espace de son cigare et puis l'écrase dans le cendrier du mouchoir, comme il vient de m'écraser.

J'ai reçu du Pérou la seule lettre capitale de ma vie et je n'ai pas su la lire. Mes larmes tombent sur mes genoux. Je ne pleure pas sur moi, j'ai horreur de moi, de ma faute, de mon défaut d'amour. Je pleure de contrition. Je hoquette comme Do quand elle rit. Il n'a donc parlé qu'à Iñigo et à lui seul quand le médecin de Rome a décidé les rayons de cobalt. C'est Iñigo qui l'a convaincu d'aller à Londres pour le confier à un autre médecin. Et quand il s'absentait huit jours, quinze jours, pour le je ne sais où de Constance, c'est en clinique qu'il entrait. Et il était capable de se montrer joyeux à la veille de l'ultime consultation entre le médecin de Londres, celui de Rome et un spécialiste venu de Genève. Iñigo était dans le couloir avec lui attendant le verdict. Ils ont décidé de ne pas opérer. Si on renonçait à l'opération c'est qu'il allait mourir. Il est allé à Milan demander à sa femme de le laisser partir. Personne ne sait ce qu'il lui a dit. Lui a-t-il menti pour la première fois ? Après elle a sombré dans la sénilité, elle a perdu la tête. De sa grosse écriture la lettre demandait que je vienne. Qu'il serait si content que je vienne. Qu'il fallait que je vienne. Et Iñigo Jones qui se trouvait là-bas serait content de me revoir. J'ai regardé des jours cette lettre presque vide qui avait mis des jours à arriver. Et puis j'ai fini par répondre que je viendrais, mais plus tard, pas maintenant, plus tard, j'étais tellement occupée avec la vie d'autrui ! Les derniers jours il prononçait mon nom plus fréquemment que les autres, avec celui du cheval qu'il avait abattu la veille de son départ pour l'Europe, avant guerre. Il nous appelait. Iñigo a envoyé un télégramme, « Avis de pli urgent » que j'ai jugé sans urgence et ne suis pas allée chercher. Il a téléphoné. Léonard coupait le téléphone pour composer son œuvre immortelle. La vengeance d'Iñigo est double. Hors règles. Deux minutes de vérité.

A-t-on frappé à ma porte ? Je me précipite dans ses bras. Il est deux fois plus grand et plus fort qu'Indio. Il prononce mon nom plusieurs fois de suite. Il dit qu'on est demain, que la souffrance morale est pire que celle du cœur mais que rien n'est pire que l'ignorance.

Qu'on se mesure à ce qu'on accepte de voir, d'entendre. Que je suis courageuse. Que mon père avait raison de m'aimer. Des lèvres de pierre chaude se posent sur mes yeux et les assèchent. Ce rapprochement inconcevable de nos têtes est un pardon. L'aube nous blanchit.

De sa véritable mort mon père ressuscite. Je suis à jamais celle qui le chérit, admire sa force d'âme et sa joie, sa fausse certitude que l'amour est connaissance et qu'il n'est pas la peine de me dire la vérité, que je la saurai d'instinct... Je vais enfin hériter de lui. Le protéger contre l'oubli. Ombre enfin paternelle qu'il m'est donné, à partir de cette aube, de hanter.

Ma vie adulte commença par un silence. L'apparition avait fermé les volets et donné des ordres pour qu'on ne fît pas de bruit. Je me réveillai donc quand tout le monde à nouveau dormait, à l'heure de la sieste. J'ai traversé un moment solennel. J'osais à peine bouger comme si c'était le corps qui allait me faire mal. J'ai tendu la main puis la jambe sous la grêle de la douche, touché au savon, au shampooing, comme à des objets de purification et enfilé ma plus vieille robe. Et puis j'ai tiré Dorotea de sa sieste. Sa voix était basse, déprimée, endormie. J'ai pressenti que pas plus à Madrid où je la retrouverais qu'ailleurs je ne lui dirais la vérité. Je ne souhaitais toujours rien partager, j'avais bien raison. Elle m'a fait sursauter avec une histoire de clés laissées chez la concierge qui s'appelait Madame Martinez, elle n'avait même pas relevé, ce nom lui paraissait sans doute anodin. Elle avait d'autres préoccupations.

Personne ne m'a dit bonjour. Comme si on m'avait déjà vue. Un « high tea » m'attendait sur une table roulante dans la bibliothèque envahie de journaux anglais et espagnols. Un ventilateur tournait, la radio était allumée.

— Que se passe-t-il ?

Le docteur était tout excité.

— Il se passe que j'ai enfin compris le complot que complotaient les comploteurs du bar du Malaga Palacio. Tu te souviens des deux Iraniens que rejoignait plus tard un troisième ? C'étaient eux. Ils font bien partie d'un commando antikhomeiniste. Ce sont des pirates. Ils viennent de détourner une canonnière lance-missiles iranienne, *Tabarzin,* juste devant Cadix. Le commandant et son adjoint sont restés à bord. La vedette était partie de Cherbourg dans la nuit du 1er au 2. C'est devant Cadix que les pirates ont agi. Ils se dirigent vers Casablanca.

Il prit une petite pilule et l'avala dans une gorgée de thé avec une horrible grimace. Iñigo l'observait.

— Je me demande pourquoi tu t'obstines à boire du thé alors que tu as horreur de ça.

— Pour faire anglais, a-t-il répondu d'une petite voix. Je trouve ça plus...

Il a bien hésité une minute avant de trouver le mot. Iñigo l'observait de plus en plus sérieusement.

— ... chic que le chocolat.

— Tu es fatigué, Sebastián. Tu n'iras pas sur la plage ce soir. Tu dois te reposer. On ne mène pas à quatre-vingt-deux ans la vie d'un jeune homme. Je me demande même si cette idée de remonter le Guadalquivir n'est pas stupide.

— Ce n'est pas l'idée qui est stupide, c'est toi, renvoya le docteur comme une gifle. Je t'interdis de prononcer mon âge sinon je dirai le tien. J'irai ce soir sur la plage manger des sardines grillées et je rentrerai à Séville en bateau.

Il s'est tourné vers moi, charmant.

— C'est vrai, c'est insupportable, ça fait vingt ans qu'il se trompe sur mon âge et me rajeunit de trois ans.

Iñaki partit en éclaireur, Iñigo suivait avec les bouteilles de vin blanc, Andrew avec des seaux à glace. Constance était chargée du panier contenant les couverts et les assiettes. Moi je tenais le filet aux pastèques et je donnais le bras au docteur qui ne portait rien. Nous fermions la marche. Comme les autres allaient plus vite nous nous sommes retrouvés seuls.

— Tu as raison, me dit-il. Les femmes sont mes élèves. Je les transforme en élèves. Mais il m'est arrivé une fois ce qu'il est arrivé à Merlin.

Il a été sur le point de me confier un secret. J'en ai été plus heureuse que s'il me l'avait dit.

— C'est une bonne chose que tu portes encore cette vieille robe. Le jour où Indio l'a achetée j'étais avec lui. Il hésitait entre une bleue et une verte. Moi j'étais sûr que tu préférerais la verte, c'est pourquoi il a acheté la bleue. Il adorait offrir des vêtements. Tu as remarqué qu'il ne se trompait jamais de taille ? Et Dieu sait combien vous êtes toutes différentes. Mais c'est l'enfer, s'est-il extasié, j'ai eu bien raison de venir !

La plage était terriblement enfumée. Les maçons l'avaient transformée en cuisine sans fenêtre. Le feu avait mis longtemps à prendre parce que le jeune, disait le vieux, avait choisi du mauvais bois et que le vent du soir s'était levé. « Le marquis » n'en était plus un, les cheveux brillantinés, surgi torse nu de la fumée. Il avait un corps agile et musclé, savoureux, au bout duquel ses pieds nus et ses mains formaient des blocs à part, quatre plans cubistes retenant un corps fauve. Il entourait le docteur avec les prévenances d'un disciple. En dehors du feu et des sardines il ne s'occupait que de lui mais je surprenais son regard sur moi, timide, insistant.

Iñigo fit boire Andrew qui perdit son quant-à-soi. Il se mit à glousser comme une jeune fille entraînant un fou rire général. Il avait décrété que les sardines ne convenaient pas à son estomac fragile et, à lui seul, il vida la moitié d'un cageot. Il y avait sans cesse de nouvelles sardines. Le soleil s'était couché et les étoiles brillaient.

Après les pastèques, le vieux maçon se mit à chanter, sans accompagnement, de sa voix toute seule :

En Carmona hay una fuente
con catorce o quince caños

L'hésitation entre les quatorze ou quinze becs de la fontaine de Carmona m'a toujours paru extraordinaire mais ce soir, sur la plage, le sens de la seguiriya et de la farruca qui suivit se perdait. Un sentiment excédant les limites de mon corps et de ma mémoire s'en allait rejoindre bien au-delà du cercle que nous formions autour du feu un moment de beauté délié de l'éternel et remis en bouche d'homme. Sentiment partagé car tout s'était arrêté autour de la voix, même Iñigo, même le vent. Elle ramenait le chant profond de ses profondeurs avec la sûreté infaillible de qui, bien avant sa naissance, a entendu naître le chant. Une tradition inflexible avait résisté aux tiraillements et aux guerres entre les continents. La voix andalouse s'en allait de l'autre côté de la mer retrouver la voix arabe et dans l'étroitesse des écarts mélodiques prouvait une merveilleuse liberté. C'était aussi beau qu'un moment de vérité mais le seul qui pouvait en juger et dont j'eusse souhaité confusément qu'il autorisât mon enthousiasme ne bougeait pas, impénétrable. Il écoutait de la même façon dont il avait regardé les véroniques de Paula, sans émotion, l'attention simplement décuplée de celui qui attend l'erreur, la fioriture qui détruira la pureté de la démonstration. Qui attend et qui ne voyant rien venir ne se réjouit pas car il n'y a aucune raison de se réjouir devant le travail bien fait, l'art bien accompli. Que la véronique soit une véronique, le cante hondo, cante hondo, était dans l'ordre des choses telles qu'elles doivent être. Le mauvais toreo, le mauvais flamenco, troublaient l'ordre des choses. Le bon, qui était le vrai, le restituait. Ils étaient quelques-uns, Rafaël de Paula, le vieux maçon, lui, à savoir qu'il n'y a rien d'extraordinaire à ce que les choses puissent être comme elles sont. Et à la fin de chaque chant il disait seulement : *bien*.

Le jeune prit le relais, avec sa guitare. Le docteur se mit à bâiller discrètement.

Lui et Iñigo remontèrent les premiers. Iñaki s'amusait trop avec les cailloux lancés par Andrew qui, avant même de toucher l'eau, se noyaient dans l'obscurité. Constance prenait le bain de minuit obligé des Anglaises qui repartent le lendemain. Le vieux maçon fumait une Rumbo à l'écart. Le jeune se trouvait aussi près du feu que de moi. Il avait posé sa guitare contre un cageot vide, remis sa chemise et enfilé ses espadrilles. Il n'y avait plus que ses mains qui nous séparaient quand il m'a dit, avec son air timide et résolu, que j'avais un beau corps. Tu as un beau corps, voilà ce qu'il a dit, sans rien avant ni après.

Je n'arrivais pas à sortir du silence. Je m'étais précipitée dans l'idée qu'il me demandait ce corps, que j'allais le lui donner, m'en débarrasser dans ses bras, mais son compliment avait fait l'inverse, il me fermait, il me gelait, il me retirait comme à quiconque eût voulu me persuader que j'étais de chair. Ce n'est pas l'absence de préliminaires, au contraire, qui me choquait, ni le barrage de ses mains comme des truelles prêtes à égaliser nos sexes, c'était ma propre absence. Je n'éprouvais plus de désir réel, je ne désirais que des images. L'important c'était ce qui s'était passé la veille, cette nuit, tout ce qui m'arrivait depuis que j'avais posé le pied en Espagne et qui me ramenait de l'extérieur à l'intérieur de moi-même. Il venait trop tôt. Mais je lui étais reconnaissante comme d'un signe, d'un présage que les temps revenaient du goût et de la foucade.

— Demain tu seras partie.

Ah si un trait magique avait aboli les jours, les heures peut-être, qui m'emprisonnaient encore dans le gel ! Si le vieux maçon, si Constance, s'il s'était couché simplement sur moi, s'il m'avait caché le ciel étoilé, si son souffle de jeune homme résolu avait coupé le mien, s'il n'avait pas parlé de mon corps, si...

— Tu as un beau corps, a-t-il répété, je t'ai vue, le matin.

Voulait-il dire que je le savais, qu'il le savait, que je laissais pour lui les volets ouverts ?

Il a bondi soudain, son visage se trouvait sous le mien éclairé par le feu. Ses yeux brillaient. Un rêve presque réalisé.

— Je veux te voir la nuit. Je t'en supplie. Tu vas partir. Cette nuit faisons l'amour.

Je lui ai demandé pardon, j'ai fui dans la honte du non.

J'avais bouclé mes bagages lorsque Constance m'a invitée à venir fumer une cigarette dans sa chambre. Elle commençait les siens. Voir quelqu'un faire ses valises c'est comme assister à un défilé de lui. Dans le passage du tiroir ou du placard à la valise défile tout ce qu'on croit avoir déjà oublié. Le va-et-vient de Constance faisait revivre sous mes yeux une table des matières, dressait le catalogue éphémère du petit musée Constance sur le point de fermer, définitivement, à clé. Le blue-jean du premier soir au Malaga Palacio, la robe couleur carotte, le maillot délavé, la tunique venue des Indes, le tee-shirt avec la tête de Rita Hayworth endormie, la plus grande et la plus belle des rousses dont la petite en respirant faisait bouger la chevelure. Et puis ce que je n'avais ni vu ni touché, ses culottes en coton et une en dentelle vert pomme, une chemise de nuit fleurie, une veste de pyjama, un soutien-gorge sans bretelles. Entre tout ça, comme des virgules, bouchant les interstices, les sandales, le Cowper Powys, un sous-main soigneusement ficelé, le carnet avec son élastique, une pochette argentée qu'elle remplissait de babioles, barrettes, breloques, cartouches à encre, allumettes espagnoles, un porte-photos en cuir qui se déroulait et qu'elle repliait à la hâte pour que je ne voie pas ce qu'il contenait, une gomme, un canard taille-crayon qu'elle plaçait avec des timbres dans une vieille boîte au couvercle en glissière. Un plumier! C'était un plumier! Etais-je passée à côté d'un être charmant?

Elle sortit de la salle de bains son peignoir à la main, preuve que le dernier moment approchait. Elle allait fermer sur lui sa valise. Puis elle est venue s'asseoir sur le lit défait à côté de moi et m'a demandé une cigarette. C'est la première fois que je la voyais fumer.

Pourquoi, depuis le début, lui avais-je été si hostile ? Me ressemblait-elle donc tant que ça ? Elle n'avait pas fait de mal à Indio. Elle n'avait pas répondu à son amour mais elle avait fait semblant. Que demander de plus ? Certes elle n'avait pas compris qu'il allait mourir, mais moi non plus. C'est Dorotea qui m'avait empoisonné cette jolie rousse.

— Tu connais bien Dorotea ?

— Bien ? Je ne sais pas.

Je n'ai pas insisté. De toute façon il était trop tard.

Pour tout équipage il y avait le capitaine et le moussaillon. Le capitaine faisait office de cuisinier et le mousse de marmiton. Mais Iñigo à lui seul pouvait servir d'équipage. Il paraissait sur mer infiniment plus chez lui que sur terre. A peine avions-nous posé le pied sur le pont qu'il regrettait qu'on ne partît pas pour un plus long voyage. Celui-ci n'allait durer que quelques heures. Le docteur promit d'embarquer pour une vraie croisière, à condition qu'on croisât vers le nord.

— Oui, oui, s'enthousiasma Iñigo. Vers le nord du capitaine Hatteras.

— Qui est-ce ? demandai-je.

Ils échangèrent un regard consterné qui me remplit d'énergie. Voilà ce qu'ils donnaient : l'envie de rencontrer le capitaine Hatteras. L'envie de connaître ou de faire tout ce qu'ils disaient.

Sur *Iñigo III*, dix-huit mètres blond et blanc, la proue était un dauphin sculpté, chef-d'œuvre de dauphin ayant connu Indio sur *Iñigo I*. A l'arrière, la barre du gouvernail papillotant de lumière était aussi, continuait le docteur, une pièce digne d'un musée navigant. Je découvrais surtout la lumière du jour. Pas celle accrochée au rebord d'un immeuble, que je capte par hasard quand il m'arrive de lever la tête, ni celle que j'admire sur la montagne tant de fois peinte par Cézanne, ni celle que fabriquent les éclairagistes sur ces plateaux, ces scènes, où j'étais tant de fois montée, après le spectacle, pour féliciter, non. La lumière en masse libre, chutant directement sur les matières, glorifiant le teck, la toile, les rambardes, les vitres, les cuivres. Tout scintillait, poli, fourbi par elle comme par sa propre agence matrimoniale de lumière, qui la mariait d'un bloc au monde entier, au bois, au cuivre, aux voiles. Mais pas à nous. Bizarrement traités par ses rayons nous n'existions plus que par un bouton nacré, une paire de lunettes, une barrette de soulier. Transformés en fantômes de l'après-midi gonflés par une petite brise. Quand on passait de la blancheur surnaturelle du pont au carré on se retrouvait à peine. Je m'étonnai presque de ne pas entendre clapoter la nappe sombre des meubles d'acajou. On ne redeviendrait nous-mêmes qu'à la nuit tombée, avec la conversation, à la lumière des lampes, celle que fabriquent les hommes contre le rythme des astres pour parler tard et s'entretenir de leur vie. Mais sur la demande du docteur, Iñigo, après dîner, ferma aussi les lampes et nous fûmes livrés au ciel étoilé. De cette première nuit en mer naissait un ravissement que j'attribuais successivement à toute chose. A la partition ininterrompue des gréements, là-haut, qui reproduisait entre ciel et terre le petit rire du docteur se moquant de mes airs transis. A la paix du visage d'Iñigo énumérant les étoiles dont la foule me faisait découvrir la rareté de chacun de leurs noms. Goutte-à-goutte savant — poésie poésie! s'exclamait le docteur — qui faisait respirer le grand corps de l'obscur.

Il évoquait d'autres nuits et la croisière qu'il avait faite, jeune homme, dans les fjords de Scandinavie. Il disait que la vie est une longue remontée du sud vers le nord, de la chaleur aux étendues glacées, de la chair à l'esprit, et Iñigo qui géographiquement avait fait l'inverse en s'installant en Andalousie l'écoutait, impressionné.

— Il suffit de consulter Cervantès pour savoir si on est dans le droit chemin. Eh bien il a fini là-haut avec le *Persiles*, dans les tempêtes et dans les glaces.

Déjà le pied à l'étrier
dans les angoisses de la mort
seigneur je t'écris cette lettre...

Il a récité par cœur l'épître dédicatoire des *Travaux de Persiles et de Segismundée* au comte de Lemos, le fidèle protecteur :

« Hier on m'a donné l'extrême-onction et aujourd'hui je t'écris cette lettre, le temps est bref, l'angoisse croît, l'espoir diminue, et malgré tout je vis de mon désir de vivre. »

— Le pied à l'étrier de la mort, a répété Iñigo.

— Oui. Au début les chapitres sont très longs. Après ils deviennent de plus en plus courts comme s'il se dépêchait.

Toujours toujours l'heure. Les aiguilles phosphorescentes sont redevenues opaques. Nous arrivons. Déjà la haute Giralda, déjà l'autre gardienne couronnée de créneaux, la tour de l'Or, se dessinent dans un ciel radicalement bleu et vide. Nous arrivons et c'est l'heure qui ne sonne pas du bonjour à l'éternité.

III

VERS LE NORD

Car mon éternité comme je l'appelle, en secret évidemment, a commencé là. C'en était fini de la mort, je ne la remarquerais plus, je ne respecterais plus sa frontière. C'est simple. Il suffit de jouer les morts, de ne pas respecter leur silence. Ce miracle est encore nos mains. Indio, le docteur sont là. Je ne me passe plus d'eux puisqu'ils ne peuvent plus se passer de moi. Je n'y prête guère attention, exactement comme s'ils étaient au monde, en ville, mais quand je les appelle sous un prétexte quelconque ils sont toujours chez eux. Indio crie mi amor et je suis riche de toute ma pauvreté. Pour traverser la rue Monsieur-le-Prince qu'il n'a jamais habitée le docteur prend mon bras et il me murmure des choses auxquelles je serais incapable de songer toute seule. Il m'a dit sur l'instant de ne pas faire un drame de cette arrivée à Séville et de combattre ma manie radiophonique de donner l'heure, le jour. Alors je dis seulement que c'était tôt dans la matinée sur le Guadalquivir. Iñigo est venu nous avertir qu'on apercevait déjà Séville. Le docteur a pointé malicieusement le doigt dans ma direction :

La mar no tiene naranjas
ni Sevilla tiene amor...

et il s'en est allé voir apparaître Séville qui n'a pas d'amour. Il a traversé le pont droit vers la proue, je le suivais. A quelques mètres du dauphin il fut violemment arrêté. Il a porté la main à son cœur, il n'a plus fait un pas, plus bougé d'un millimètre, la main au cœur. Je me suis craintivement approchée de son profil tandis qu'Iñigo courait en tendant les bras pour recevoir son corps.

Quand j'interprétais la disparition d'Indio comme absence cela m'arrangeait, j'ai des accommodements avec l'absence. Je crains que la leçon que m'inflige brutalement le docteur en me désignant son cœur ne soit autre.

— Sebastián. Sebastián. SEBASTIAN !

Pourquoi Iñigo s'adresse-t-il à lui en criant si fort ? Dans son corps présent il n'est plus, ni dans son visage ni dans ses vêtements. Il suffit désormais de lui parler à voix basse. Ce que la mort a rompu est ténu. Juste un fil entre lui et le monde. Mais pas entre lui et moi. J'entre dans le secret. « *Un peu d'excentricité spirituelle* », supplie sa voix. Je cherche. Ça chuchote. Oui je suis capable de servir des vérités perdues. La résurrection par exemple. « *Mais qui te demande de servir si nous sommes là pour gouverner ?* » Et il se tait.

Le chemin que nous devions faire à pied, en l'escortant, de la tour de l'Or aux deux pièces qu'il louait à son neveu quartier Santa Cruz, nous l'avons parcouru différemment. Nous n'avons prévenu personne car ses désirs étaient formels : personne. A l'exception de la Commanderie du port, comme nous y étions obligés, de padre Miguel, le jésuite, et de celui qu'il nommait avec affection mon stupide neveu. Il habitait à côté. Ça chuchote ça chuchote. Je suis tellement triste que je ne vois plus que des missions impossibles. Affirmer par exemple avec énergie l'excellence de la joie. « *Oui. Simplement n'attends pas qu'on soit morts.* » Mon intimité avec eux ne lui suffit pas. Veut-il me compromettre avec les vifs ?

— Qu'as-tu entendu ?
— ... dios. Adios ou Dios ?
— Dieu, affirme Iñigo.

Puisque c'était Iñigo Jones qui la demandait la réception m'a trouvé une chambre à l'Alfonso XIII. J'ai reconnu, à cause de la ressemblance, le second concierge, fils du chauffeur de taxi qui faisait l'éloge du feu Miramar. Le glorieux rival de Séville l'emportait, à moins que ce ne soit rituellement le présent qui l'emporte sur le passé. « *Ne te force pas. Si tu as envie de préférer le Miramar...* » Il a raison. L'Alfonso XIII est un tombeau mauresque. Nous y avons dîné, Iñigo et moi, quasiment seuls dans le restaurant. Au milieu du repas le maître d'hôtel est venu le chercher, on le demandait au téléphone. Iñigo a paru étonné. Ni le capitaine ni padre Miguel ne seraient venus le chercher là.

En sortant de la cabine il titubait, le visage comme une brique recuite. Il s'est servi de la serviette pour essuyer son front et il a bu d'un trait le verre d'eau auquel il n'avait pas touché. Henry, a-t-il soufflé en s'asseyant. « *Tu vois l'effet des vivants ?* » Je n'aurais jamais cru que le nom d'Henry puisse produire tant d'effet ce soir. Affecter Iñigo au point de modifier son visage et de tracer en gonflant ses veines une carte des passions que la souffrance du matin n'avait pas dépliée. « *Ce n'est pas le nom d'Henry, c'est Henry tout court qui l'emporte sur moi parce qu'il est en chair.* » Comment lui en vouloir ?

— Comment lui en vouloir, il ne pouvait pas savoir. Il a téléphoné sur le bateau. Le capitaine a suivi mes instructions. Henry en a déduit que si je passais la nuit en ville sans dire où, d'habitude il sait où me joindre, c'est qu'il se passait quelque chose d'anormal. A tout hasard il a appelé ici. Ce soir. Justement ce soir.

Il aime Henry.

Oui c'est moi qui pousse ce soupir, cette question

ou cette réponse, moi qui commence à me mêler de ce qui ne me regarde pas, qui deviens l'intime de cet homme, de ce garçon, et comme de bien entendu il me répond loyalement, sans colère, comme si je ne faisais que mon devoir.

— Dans un moment d'aberration j'ai fait construire la petite maison pour lui et c'est Constance qui est venue. Tant mieux. L'interdit de la famille il l'a transgressé avec elle. Une fois suffit. Il faut rompre les liens. Je te parlerai de tout ça un jour, comme à Indio. Sebastián ne savait rien.

Je ne l'ai pas démenti. Le docteur a posé un doigt sur ses lèvres. Il en savait si long qu'il m'avait même imposé silence là-dessus.

— Je veux qu'il sorte de la famille. Il ne connaît qu'elle depuis trop longtemps. J'ai décidé de lui offrir une année à Paris. Il ira aux Beaux-Arts ou à l'Université, il suivra des cours ou pas, peu importe, il fera ce qu'il voudra, il peindra sans doute mais il passera cette année loin de nous tous, moi compris. Loin de moi en somme. C'est décidé. Il ne viendra ni à Los Heraldos ni à Aracena. Je refuse qu'il vienne, il me l'a encore demandé ce soir, c'était même l'objet de son appel. Non. Non.

Il a prononcé ces derniers mots très fort en tournant la tête vigoureusement à droite, à gauche, comme s'il cherchait quelque soutien extérieur. Les desserts arrivent à toute allure sur les tables roulantes. Il les renvoie. Le sommelier se précipite, il est congédié du même non monotone et violent. Le service se réfugie frileusement autour du maître d'hôtel, le plus loin possible de cette table où « don Iñigo » fait une scène à une femme inconnue qu'ils n'ont pas l'intention de secourir. Comme s'il allait me broyer Iñigo m'a saisie par les épaules. Au passage il a renversé un verre et quelques gouttes de vin sont venues tacher le haut de ma robe presque blanche.

— Je ne vais pas supporter ma propre décision. Je remets les choses entre tes mains. Je te le confie, tu entends ? Je te confie Henry à Paris. Tu feras ce que tu voudras.

Pour un cadeau c'est un cadeau. Je suis révoltée. Quel fardeau la passion des autres ! Je suis révoltée mais au lieu de dire non, d'extirper par un non la boule que j'ai dans la gorge, je l'avale. Je n'ai aucune raison d'avaler ce garçon. « *Si si puisqu'il te restait en travers de la gorge.* » Il ne pourrait pas se taire !

— Mon homme d'affaires vient de trouver un petit appartement à louer, pas loin de chez toi, de l'autre côté du Luxembourg.

« *Vous aurez quand même un jardin entre vous hihi.* »

Quel homme d'affaires ? Jacobo ? Il connaît Paris. Voilà les affaires qui urgeaient le matin à Los Heraldos ? C'est impossible. Iñigo vient d'improviser sa décision. Il l'a prise devant moi, sous le coup d'une émotion insupportable. Ou sous la dictée du docteur qui nous envoie chacun là où nous n'irions pas sans lui. Coup de force de la volonté d'Iñigo et pour moi coup de quoi ?

— Je vais passer la nuit chez Sebastián. Demain je ne veux pas que tu assistes à la mise en bière. Viens après. L'office aura lieu tard, vers sept huit heures du soir, ou après-demain matin. Le neveu s'occupe du reste. Quand veux-tu être à Madrid ? Il serait plus sûr de prendre un vol lundi après-midi.

Debout il a signé la note. Il avait l'air tellement pressé maintenant. Il court annoncer sa décision à Henry, c'est sûr : J'ai décidé. Je veux. Et après ce sera au tour de l'homme d'affaires. Qu'il trouve d'urgence un appartement de l'autre côté du Luxembourg. Le maître d'hôtel m'apporte un café, plein de commisération. Je suis abandonnée.

Me trompais-je ? Iñigo est revenu sur ses pas, il s'est courbé sur la table, une mèche de cheveux blancs, toute douce, m'a effleuré le front, il m'a regardée du fond de ses yeux bleus depuis la petite flaque et il m'a demandé pardon.

A qui demander pardon ? Que se faire pardonner ? C'est infini, hors de propos. Que me demande-t-il au juste de pardonner ? Hier, demain ? Sa brutalité ? La pureté rend brutal. Je suis impure. Moi impure ? Alors lui ! Non. Brutalité claire, passion, cœur. Mais je n'étais pas malheureuse dans ma chambre, je ne sentais rien, j'avais trop bu.

Ayant enfilé la vieille robe bleue qui aurait pu être verte je partis dans Séville et ne rentrai pas à l'hôtel de la journée. Grâce à Indio et au docteur tout m'était familier sans l'avoir jamais vu. J'ai marché des heures. Je n'entrais nulle part, seulement capable de reconnaître ce qui se trouvait à l'extérieur, dans l'air, les façades, les pierres. L'extérieur me comblait. Je ne me promenais pas non plus, je n'avais pas encore appris. Qu'est-ce que je fabriquais au juste ? Comme si dans la foulée je transformais l'absence en présence je marchais. Très exaltée. Au bord des larmes à cause de Magellan et du tour du monde que j'avais refusé à Indio pour mes vingt et un ans. A cause du père Las Casas qui avait été consacré ici évêque de Chiapas et moi je n'avais défendu personne, pas un Indien, pas un Basque. A cause de la prison de Cervantès transformée en banque. La plaque affirmant qu'ici avait été conçu, pour les délices du monde, l'ingénieux hidalgo, je l'aurais embrassée si j'avais été assez haute. Quelle petite étreinte, celle du tour des bras, quand on considère l'épaisseur de la tour de l'Or ! Tentée à nouveau par la hauteur, aussitôt repoussée par les criailleries des enfants qui l'escaladaient, je servis de girouette inverse à la Giralda, tournant autour d'elle à terre. Puis je pénétrai dans l'Alcazar parce qu'il était ouvert. J'entrai dans du dehors, merveilleuse illusion. Des salons qui ont la clémence du ciel pour toiture en salles indéchiffrables, de patios en fontaines, je m'enfonçai dans les jardins. Conjurée par l'eau et l'ombre la canicule fuyait. Sous mes pieds foulant une allée apparemment pavée de briques surgissaient encore des jets d'eau. Certains se retournaient au-dessus de moi en berceaux renversés et je m'en allai bercée jusqu'au pavillon où l'empereur Charles Quint médite sur son empire coupé en deux par l'océan, réunifié par le soleil. J'aurais bien médité sur le petit banc d'azulejos mais je ne savais pas. Peut-être faut-il avoir un empire. J'ai allumé une cigarette et je me suis demandé ce que le docteur pensait réellement de cette histoire d'Henry à Paris. Il m'a répondu de *ne surtout pas oublier d'aller voir les bains de la Sultane sous les palmiers dans le labyrinthe de charmilles*. Ces jardins embaumaient le parfum du premier soir qu'il m'avait donné sur un jasmin mais voilà que ce parfum remontait aussi haut que la Giralda dans le temps. Je le recevais bien avant d'être allée en Espagne, dans un paquet de Noël. Maman se fâchait : Se rend-il compte que sa fille est une enfant, le parfum le plus cher du monde ! Germaine à son habitude tentait de la calmer. *Joy* oui c'était l'eau de joie dans laquelle Indio me baignait. Son signe amoureux. J'ai eu envie de voir mon visage joyeux. Je suis retournée dans le patio de las Doncellas et là j'ai vu dans la vasque d'eau pure une très ancienne demoiselle, presque moderne, qui se regardait. Elle avait une tête pleine gonflée de pleurs joyeux. Elle a défait sa natte comme si elle se trouvait laide et elle était blonde, toute peinée et joyeuse de se trouver encore jeune. J'ai quitté en hâte ces jardins et je me suis à nouveau dirigée vers le fleuve. J'ai passé le pont au bout duquel, dans une tour de guet, veillent des cierges par dizaines devant une Madone. Les vierges en faïence de Triana je les ai regardées en face. Toutes les vierges de la douleur et de la maternité dont je ne voulais pas. Trop de pères enfants à bercer, trop de sœurs, trop d'inconnus. Sans appartenir à ceux qui disent « mon oncle » à un loup, trop de liens de parenté à découvrir pour fabriquer un héritier. J'étais une nourrice sèche, pleine de paroles et sans douleur. Je n'avais rien connu. Ni la traversée du monde dont la *Santa María* était revenue, délabrée, sans ses compagnes, sur le quai des Mules que je longeais, légère. Ni la prison, de l'autre côté, d'où sortent les chevaliers errants. Ni la frustration de l'ange contenue dans la bouche étroite et rose des Sévillanes que je croisais, modèles des vierges de Murillo amoureuses d'un bébé unique. Au bout de ma course, épuisée de fatigue et de chaleur, je tendis la main vers une bière. Une main l'emprisonna.

C'était une gitane vêtue de noir, d'une beauté à couper le souffle, pleine de dédain et d'emprise. Elle voulait me dire mon destin. Je la laissai faire. Elle me dit que mon père venait de mourir. Mais que cela ne contrariait pas mes désirs. Elle me dit que j'hériterais d'une fortune de mie savoureuse que je ne saurais pas goûter tant que je ne saurais pas aimer. Avec ce maudit verbe espagnol on ne sait jamais s'il s'agit de vouloir ou d'aimer. Elle portait sa beauté comme un maquillage et elle l'a effacé d'un geste autoritaire pour me nourrir de sa seule prophétie, qui tombait mal : *obéis à ton cœur.*

Lundi 17, chapelle des Venerables Sacerdotes. Le père Miguel a célébré la messe et commenté cet étrange passage : « Laisse les morts enterrer les morts et suis-moi. » Nous formons une étrange assemblée de fidèles : un capitaine, un mousse, un neveu, Iñigo et moi. A l'élévation une prière d'enfance est remontée à mes lèvres, liée à une indulgence si on se frappe trois fois humblement la poitrine. Mon Dieu dites seulement une parole et mon âme sera guérie. Quelle parole?

Après le « allez en paix » qui me semble toujours aussi souverain Iñigo s'est tourné vers moi. Aussitôt détourné. Il s'accroche à autre chose. En sortant il répétait comme un blasphème : *le capitaine Hatteras marchait vers le nord.* J'étais décidée, bien décidée, à ne pas fondre en larmes comme le mousse.

Finalement elles ont éclaté, après le vol, en se posant à Madrid. Nous avions l'air fin Dorotea et moi, en larmes, à l'aéroport de Barajas. Plus d'un an qu'on ne s'était vues et le docteur qu'on ne verrait plus. A chaque essai de sourire elles repartaient de plus belle. On a quand même fini par s'apercevoir, au bar, en buvant un café glacé. On attendait les bagages. Un vague souvenir plane sur les terrasses de Barajas où de jeunes messieurs affamés guettaient les étrangères non accompagnées et blondes. Temps révolus! dit Dorotea. Histoire ancienne. Maintenant Madrid est plein de cinémas pornos. Mais nos retrouvailles ne sont véritablement devenues spectaculaires qu'une fois chez elle. A peine y étions-nous arrivées qu'elle a ouvert grandes les fenêtres. La chaleur avait atteint ce degré d'étouffement qui fait crever l'orage. Je fouillais dans ma valise posée sous la fenêtre du salon. J'avais hâte de lui remettre mon cadeau de Paris. Quand nous nous retrouvons celle qui arrive apporte un cadeau à l'autre. En général Dorotea choisit pour ma maison et moi pour elle quelque chose à porter. Cette fois je cherchais un chemisier blanc à pois noirs qui allait avec un petit nœud papillon à pois inverses achetés chez Charvet. J'ai enfin trouvé le nœud papillon, je me suis redressée triomphalement et ma tête est allée donner en plein contre le montant d'acier de la fenêtre. J'ai crié sans doute aussi fort que la douleur. J'ai porté la main à ma tête, elle était pleine de sang. Sur le point de s'évanouir Dorotea pouvait à peine ouvrir la porte de la salle de bains. Le sang giclait et je pensais uniquement à ne pas tacher la moquette. J'ai mis ma tête sous l'eau froide, je suis restée là longtemps, penchée sous le robinet à voir couler mon sang, et je disais ça va ça va on perd toujours beaucoup de sang à cet endroit-là. Mais Dorotea était partie. Elle est revenue avec quelqu'un qui habite sur le même palier, une fille en troisième année de médecine, une chance, qui a regardé ma plaie, l'a nettoyée, a renvoyé Dorotea chez elle chercher des compresses, de l'eau de Dakin. Ses gestes étaient calmes, sa voix me rassurait. Je me suis retrouvée la tête sous une vessie pleine de glaçons, allongée sur le canapé du salon, un cognac à la main, un sucre sur la langue. L'orage était passé.

La première chose que je voulais c'était montrer à Dorotea le tableau de Simonet qui se trouvait dans mon sac. Lui prouver que j'étais aussi propre que le vieillard ! A peine si elle y a jeté un coup d'œil. L'émotion passée elle piquait une colère. Quand est-ce que cette histoire allait finir ? Quand serais-je capable de la retrouver sans me faire de mal ?

— Il y a deux ans tu t'es ouvert la main, l'année dernière tu t'es cassé je ne sais quoi en dévalant l'escalier roulant de l'aéroport sur le dos, avant encore tu t'étais brûlée. Quand est-ce que cette série va s'achever ? Pourquoi te blesses-tu chaque fois que nous nous retrouvons, pourquoi te fais-tu du mal ? On finira par se fâcher, tu entends, stupide imbécile...

En dehors de celui qui m'a laissé une longue cicatrice au doigt j'avais oublié ces accidents. Elle était certainement en train de découvrir quelque chose. C'est ce qu'il y a de bon avec les colères, elles exagèrent, et au milieu de cette exagération surgit un point incandescent de vérité, comme le bout d'une cigarette dans le noir. Que n'étais-je capable, comme la gitane ou Dorotea, de déjouer un peu d'immensité ! La colère flambait sur ses joues, ma tête brûlait sous son coussin de glace, et entre nous la fille-médecin se marrait, pas méchamment mais quand même, agaçante à la fin avec son sourire entendu sur des faits qui ne la concernaient pas. Qu'est-ce qu'elle attendait pour partir, rentrer chez elle au lieu de se rouler tranquillement une sèche penchée en avant, le derrière sur le bord de la chaise ? Une vraie allure de camionneur, mèche dans l'œil, blue-jean sale et baskets aux pieds.

Après la colère, l'obstination. Dorotea est têtue comme une mule. Il a fallu presque une heure pour la convaincre que ce n'était pas la peine d'aller à l'hôpital. Heureusement la fille a eu le dernier mot : On fera une radio du crâne si demain elle a des maux de tête, à mon avis c'est sans gravité, pas de traumatisme, elle a reçu un bon coup dans un bon endroit. Un très bon coup quoi ! Dorotea a porté son poignet à la bouche comme quand elle croit avoir commis une gaffe.

— Et moi qui ne vous ai même pas présentées ! Pili. Ma sœur.

En plus elle s'est trompée, elle m'a désignée en nommant Pili et vice versa. Pili a pouffé : Faut dire que c'est pas évident ! Qu'est-ce qui n'était pas évident ? Nos yeux, nos cheveux, la couleur de notre peau ? Elle commençait à m'énerver cette voisine de palier avec son autorité sur ma sœur. Voilà qu'elle la persuadait de ne pas mettre le poulet à rôtir car il se faisait tard et de préparer des pâtes. Autant s'inviter clairement à dîner !

Tandis qu'elles s'affairaient, les oignons se trouvant chez l'une, les tomates chez l'autre, l'huile d'olive ici et l'indispensable carotte là-bas, un doute m'a effleurée sur le plaisir qu'éprouvait Dorotea à me retrouver. S'arranger pour ne pas dîner seule avec moi le soir de mon arrivée, après tout ce qui s'était passé, ne pas même éprouver l'envie que nous nous retrouvions en tête à tête... cette expression m'a ramenée sur terre. Sans ce stupide accident Pili ne serait pas sortie de sa boîte. Mais Dorotea aurait pu ne pas l'appeler. C'est quand même curieux cette frayeur du sang que nous partageons.

Pendant le repas j'ai boudé. Ça m'a permis de dissimuler un accès d'antiféminisme primaire dès que j'eus compris que Pili en était. Elle avait participé à toutes les luttes. Grâce à la camarade on pouvait recommencer sa vie en Espagne, se marier, divorcer, se remarier, avoir des bébés, plus de bébés, à nouveau des bébés, bref, se sentir libres. Corps et biens on était sauvées. Ce n'était pas tout, Pili en convenait, mais elle voulait d'abord terminer sa médecine. J'ai éprouvé une sensation bizarre en entendant l'expression « lutte des femmes » dans la bouche de Dorotea. Elle la prononçait d'ailleurs entre guillemets, comme Constance.

J'ai refusé sa chambre car je voulais dormir comme d'habitude dans le salon. Mais les fleurs sur le bureau vidé de ses papiers qui redoublaient les draps fleuris, mais contre la bouteille d'eau le verre sur la table de nuit, mais la photo de nous deux posée bien en évidence, la photo prise par Indio l'été de Tarragone, tout me prouvait combien j'étais attendue... et dans son lit je me suis endormie d'un coup, sans inquiétude.

Dorotea et moi on parle dans les cuisines, aux petits repas, ou en préparant les grands. On commence avec le café du matin, ensuite celle qui est dans son pays sort faire les courses. On parle en lavant dix fois la salade, en épluchant les légumes, en larmant sur l'oignon. Pas pendant la vaisselle dont chacune débarrasse l'autre à son tour. C'est vite l'heure du thé, la plus précieuse, la plus métaphysique, car on transporte alors la cuisine au salon et on est assises là sans plus rien à faire, rien qu'à s'écouter scrupuleusement. Le soir on ne va pas au théâtre ou au cinéma. On se présente nos nouveaux amis ou on revoit les anciens. Tout cela dans les périodes idéales, quand il n'y a pas un amant ou un mari dans l'air, qui sonne, qui s'impatiente ou bien peut-être écoute aux portes. Si elle n'insistait pas on ne sortirait pas. Mais elle prétend qu'on peut parler en se promenant, elle s'entête à me faire découvrir la promenade. J'y viens, j'y viens.

Ce matin dans la cuisine on n'a même pas reconnu nos peignoirs. La gandoura que Guillaume avait achetée à Sidi-Bou-Saïd, le yukata que Léonard m'avait rapporté du Japon... ils expriment un certain exotisme conjugal, tu ne trouves pas ?

— En dépit des apparences j'ai davantage été initiée à la conjugalité par Guillaume que par Harry.

— Qui ? (J'ai sursauté.)

— Harry. Le pauvre. Il faut avouer qu'on l'oublie facilement.

J'avais pourtant retenu une chose sur lui, fort intime, qu'il me pardonne. Harry était un sportif superbe qui ne lui faisait rien ressentir. Il surveillait méticuleusement son régime, il ne buvait pas, il ne fumait pas, il s'obsédait de vitamines, et quand Do l'a quitté, assez joyeusement (son mariage avait quand même duré deux ans, le double du mien !), elle m'a confié cette chose qui m'impressionne toujours : qu'il déféquait immensément, et que ses selles ne sentaient rien, comme des bouses de vaches. Ça n'entrait pas, bien sûr, dans le scénario que nous avons tenté d'écrire sur lui après nous en être débarrassées. L'héroïne épousait n'importe qui au Nouveau-Mexique, juste pour embêter son père. Un père indigne dont elle était amoureuse. Ce mélo nous faisait rire, mourir de rire, on était jeunes !

— Qu'est-ce que tu avais compris ?

Bien sûr que j'attendais le rapport sur Constance et par ricochet, le nom d'Henry, mais on a nos rites. On n'entre pas tout de suite dans le vif du sujet. On commence par se donner des petites nouvelles des uns, des autres, métier, rencontres, en omettant la principale. Edmond Bloch envoyait tous les deux jours une douzaine de roses à Cristina, d'où qu'il soit. Cristina avait fêté le mois dernier ses cinquante-cinq ans. Elle resplendissait. Il ne fallait pas parler de la disparition du docteur avant le mariage. Elle l'aimait plus qu'on ne croyait, surtout si on le croyait lui. Incroyable le mal qu'il disait des femmes qu'il aimait le plus. Mais qu'est-ce que tu entends au juste par aimer? demandai-je. N'en remets pas, répondit-elle. Bon. On partait toutes les trois jeudi, avec Pedrito qui comptait les jours et claironnait à qui voulait l'entendre : Dans dix jours mon papa épouse ma maman, dans neuf jours mon papa épouse... dans huit jours... et ainsi de suite. Que cet Edmond Bloch fonctionnait par roses et par anecdotes. Comme il oubliait qu'il les avait déjà envoyées ou racontées, il y avait certains jours deux douzaines de roses et deux fois la même histoire. Avec la manie des notables de province il ne citait personne sans se l'approprier. Mon ami le propriétaire du mas du Langoustier, mon client le maire de Hyères, mon ami et client le député du Var. Mais cette manie allait sans doute lui passer puisqu'il n'aurait bientôt plus un ami en place. A propos, qu'avais-je voté ? Et Guillaume est arrivé avec l'homme du bois de Boulogne.

Comme je me plaignais d'avoir appris cette histoire quasiment par hasard, dans un bar, de la bouche d'un homme qui que dont... elle s'est insurgée. Et comment aurais-je donc pu ou dû l'apprendre ? Par téléphone ? C'est vrai, on ne s'écrivait plus. En un an et demi on s'était vues une seule fois, entre deux avions. Elle revenait de Londres où elle avait fermé la maison de Carlos Place. Avec Aurora. On avait autre chose à se dire. Là-bas elle avait rencontré Aurora qui revenait du Pérou. Je n'ai jamais rencontré Aurora. Je ne suis pas non plus comme elle allée au Pérou, fermer les yeux déjà fermés.

Dorotea était la seule à n'ignorer rien de la « crise » qui avait précédé mon voyage en Espagne puisque, tel un grand médecin d'autrefois, elle avait conçu et organisé la cure en fonction de l'état où elle m'avait trouvée sans même me voir et, qui dit mieux, sans m'entendre. Il lui avait suffi de capter une image brouillée, de me surprendre, à plusieurs reprises au printemps, muette, ou ânonnant au bout du fil quelque résolution triviale. Son intelligence a fait le reste, ou sa bonté. Ainsi m'a-t-elle envoyée à Malaga voir si j'y étais ! En déléguant ses pouvoirs à cet incrédule des maux de l'âme qu'est le docteur, elle démontrait son propre doute quant aux raisons, balbutiées, de ma crise. Décidément plus intelligente que moi, je n'ai pas attendu cet été pour en convenir. Je n'en éprouve pas d'insatisfaction secrète, au contraire, cela me tranquillise, j'ai confiance en elle. Je me suis parfois imaginée courant sur la surface du monde et lui en rapportant des bribes à partir desquelles elle me recomposait entière. Est-ce vraiment le monde sur lequel je courais ? En tout cas c'est bien de lui qu'elle me tendait l'image et alors je me voyais entière. Elle ne se fâche pas de mes dénégations, ou plutôt si, elle se fâche, mais elle ne m'a jamais reproché ma manière que j'ai été si près de perdre. C'est peut-être ma manière, mon style, qu'elle traitait en m'envoyant à l'autre docteur. En conclusion j'ai plus d'expérience mais elle en sait plus long.

— Tomber amoureuse quand ils sont morts, c'est bien de toi ! Tu veux mon avis ? Tu n'es pas mécontente qu'ils ne soient plus là. Ça t'évite le désordre qu'ils sèment partout où ils passent, chacun à sa façon, Indio en créant de l'amour et le docteur des contradictions. Tout ce dont tu as horreur.

J'aurais pu réagir à la gasconne, je me les sers moi-même avec assez de verve... mais je n'avais pas ce matin-là assez de verve. Heureusement un air de suspicion sur le visage de Do m'a rappelée à l'ordre.

— Eh oui que veux-tu, tant pis, ai-je conclu fidèle à moi-même.

— Ce dont tu ne te doutes pas c'est qu'ils s'enviaient. Crois-tu que le docteur était aussi abstrait que ça, aussi chaste ? Et qu'Indio n'en était pas malade parfois de ne réussir qu'auprès des femmes et pas des idées ? Et Léonard...

— Laisse Léonard où il est. J'ai fait une croix dessus. Et j'ai repris où j'en étais restée, après le Malaga Palacio, à Los Heraldos, en omettant la scène sur la pelouse et le récit de la petite odeur.

— Alors comme ça Constance a couché avec ce Jacobo ?

Elle avait levé les yeux au ciel. J'ai prudemment reculé. On ne saurait rien déduire de quelques bruits d'eau ou de vocabulaire. Et de nouveau me suis avancée : pourquoi m'avait-elle prévenue contre la rousse ? Trop tard ou trop tôt. Elle avait placé son visage hors d'atteinte en contemplant le plafond qui dut se transformer en cadran solaire car elle déclara soudainement qu'il était l'heure d'y aller, maintenant on s'habillait, on sortait, on allait à l'hôpital. J'ai protesté de l'indignité de ces procédés, rien à faire, elle lissait énergiquement ses cheveux de corbeau, elle en avait décidé ainsi. Il a fallu passer cette maudite radio pour la convaincre que ma tête était intacte. Que le coup était, comme avait diagnostiqué Pili, un très bon coup.

Cinq petits plats et dix bouchées pour récompense. Une langoustine, une rondelle d'aubergine, un piment à l'huile, un morceau de tortilla, une... Ce type de repas descendant de la dînette c'est Indio qui me l'a fait connaître. Le pain est coupé en cubes et les triangles de papier on les jette. C'était dans un bar, près de la porte d'Alcalá. Il me vient à l'esprit de changer de métier, d'ouvrir à Paris un bar espagnol avec des *tapas*. Là il y a un jeu de mots intraduisible car Dorotea a répondu *y con mujeres tapadas*, en d'autres termes, avec des chambres. Un lieu de passe, de passe amoureuse, à l'heure des petits repas, à n'importe quelle heure, sauf très tard. Décidément c'est la nostalgie et pas seulement de l'enfance. J'ai envie d'être troublée comme autrefois. Do connaît mon goût mieux que moi-même. Elle me désigne un homme lourd, à la peau brune, aux lèvres splendides comme abandonnées par les traits du visage sur lequel flotte un soupçon de lâcheté. Déjà fait, déjà vécu. J'ai eu cet amant en langue étrangère, sauf que la langue espagnole est maternelle pour ainsi dire, à cause d'Indio.

— Absolument, s'exclame Dorotea. Tu es sur une piste.

Pourquoi s'enthousiasme-t-elle ainsi ? Je n'ai nulle intention de suivre cette piste. Elle continue :

— Il te faut un amant auquel tu ne comprennes rien. Un Turc, un Japonais, celui de tu me tues tu me fais du bien ou tout bonnement un Anglais. Je suis sûre que tu ne sais plus un traître mot d'anglais.

Dans les trois glaces d'un miroir où elle tourne et se retourne Cristina nous aperçoit, elle crie : « Luz ! qué gusto ! » Quel plaisir aussi de la retrouver intacte, aussi belle que dans sa légende. Elle essaye un tailleur blanc, un peu province, qui rehausse comme un valet son élégance. Ses ongles peints renvoient au même rose qui allonge ses lèvres. Tout sert de rime à son corps, jusqu'à l'astérisque du point de beauté qu'elle maquille en noir au pinceau.

— La veste me serre aux seins mais doña Eugenia refuse de desserrer. C'est une discipline de la Grande Mademoiselle.

Je proteste que la señora n'a pas le type Mademoiselle Chanel, qu'elle a des seins, et doña Eugenia prend très mal cette intervention. D'un air dégoûté elle pince Cristina afin de prouver qu'il y a toute la place pour respirer. Dorotea compte qu'on en a, par ma faute, pour une heure au moins et s'assoit sur un tabouret. C'est le miracle de sainte Dorotea car il est hérissé d'épingles et elle ne sent rien. Je m'empresse de réparer mon erreur, j'ai hâte de m'en aller loin des glaces. Que cette conception du tailleur matrimonial est un chef-d'œuvre de discrétion, tout, la longueur de l'ourlet, la place des boutons, l'effacement des attraits de la future. D'une discrétion et d'un raffinement tels que je ne m'en étais pas au premier coup d'œil aperçue. La couturière frémit. A travers mes compliments l'erreur lui apparaît. Sa signature à elle, pour ne pas frôler la copie, doit être l'imitation avec trahison. La tradition de la Célestine fait le reste. Il faut vendre à Edmond B. une nouvelle épouse et pas une vieille maîtresse. Doña Eugenia s'empare de ses ciseaux et déloge Dorotea pour reprendre ses épingles. Ma sœur en maugréant s'incline devant mes capacités. Cristina qui n'a pas suivi semble ravie qu'on consente à découvrir la naissance de ses beaux genoux et de ses seins. Légère erreur, légère, murmure Eugenia en creusant l'échancrure de la veste et en raccourcissant l'ourlet du saut d'une puce. Un mariage n'est pas un enterrement. C'est l'avis du docteur qui me pousse hors des Venerables Sacerdotes où je traîne et me renvoie à mes propres affaires.

— Et moi qu'est-ce que je vais mettre ?

— Si les conjoints s'habillent, répond Dorotea, les témoins ne vont pas non plus nus.

— Les témoins ?

— Mon-ami-Monsieur-Richard pour l'époux, toi pour l'épouse.

— Moi ?

— ¡ Estúpida !

Un mouvement d'indignation traverse le corps de Cristina, du talon par les reins jusqu'au bout des doigts, ses seins échappent à doña Eugenia. Mais elle n'a fait qu'un tour de danse. Aucune autre parole n'est venue gronder sa fille de s'être substituée à elle pour m'informer que je suis désormais témoin, pilier, gardien du bonheur à venir. Alors je ne suis pas une belle-fille apocryphe, alors elle m'aime ! Je l'embrasse avec effusion et aussitôt me retourne contre moi. Stupide moi-même. C'est par superstition qu'elle agit ainsi. Elle introduit l'autre fille d'Indio dans le camp de Bloch.

L'heure du thé entre filles m'a paru ce jour-là plus longue que d'habitude, si longue que pour un peu je dirais qu'elle dure encore. Tant qu'elle durera je n'aurai plus envie de prendre le thé avec Dorotea. On prendra le soleil, des cafés glacés, l'avion et le bateau, les choses comme elles viennent, mais je ne lui confierai plus jusqu'à nouvel ordre ma vie future. Des petits signes considérables rôdent autour de moi et me préparent, en secret, à des aventures qui n'ont rien à voir avec le moi fini qu'elle connaît sur le bout des ongles. C'est pourquoi ses explications psychologiques m'ennuient. Remonter dans mon passé autrement que par anecdotes ou jeter son histoire dans la mienne est la meilleure façon de m'ennuyer. C'est comme si on tenait absolument à évoquer la défunte alors que je suis en train de la ressusciter. En recopiant les notes jetées dans mon journal le soir même je m'aperçois qu'elle nous réunissait dans un paradis soi-disant perdu pour mieux me faire avaler la couleuvre. Trahison inconsciente ou nécessaire d'Indio ou de moi. Je n'ai pas les mêmes raisons que lui de tourner le dos au bruit de sa voix et pourtant pendant qu'elle parlait je suis allée à plusieurs reprises vers la fenêtre qui m'a blessée tenir compagnie au silence. Le silence s'était réfugié dehors jusqu'à ce que l'interrompent les criailleries des oiseaux du soir.

Sa voix disait : Je ne t'ai pas trompée, je t'ai imitée, comme tu es inimitable, forcément j'ai l'air de t'avoir trompée, j'ai seulement laissé les choses agir à ma façon, je n'ai pas eu comme toi la volonté de les faire, à la rigueur on pourrait dire que j'ai agi dans ton dos pour... Au début elle s'interrompait, elle faisait des commentaires du genre : agi dans ton dos pour... ne pas voir la tête que tu fais en ce moment. Ou, quand elle a affirmé avec opiniâtreté qu'elle n'était pas entrée dans la religion des femmes (comme je résumais afin de m'en débarrasser), qu'elle était simplement tombée amoureuse d'une d'entre elles (ce qui est faux puisqu'il y en a au moins deux), le souffle lui manquant, elle a pris appui sur la ritournelle : ne fronce pas les sourcils tu vas avoir des soucis. Ensuite elle m'a attaquée de biais en prétendant que l'objet de ses vœux, le petit camionneur, ne ressemblait évidemment pas à ces belles amies dont j'avais empoisonné sa jeunesse, inévitablement belles, grandes, follement ceci ou cela. J'ai reconnu avec agacement un tic d'autrefois. Alors elle m'a menacée, elle s'est plutôt réfugiée derrière une menace, que si je commençais à tout prendre au pied de la lettre... Or je connais mes classiques : *Au pied de la lettre meurt l'esprit crucifié.* Je lui ai conseillé d'arrêter de se donner la réplique, de dire ou de taire. Je n'ai pas ajouté à ses risques et périls mais je le pensais. J'ai sans doute pris cet air doux, bénin, attentif, qui vient à bout de mes pires ennemis. Mais Do ne sera jamais mon ennemie. D'ailleurs elle n'est pas tombée dans le piège. Elle a continué sur la piste du premier amour quand j'attendais le second.

— Ton mépris pour le petit camionneur me laisse de glace. D'autre part, je tiens à le préciser tout de suite, l'affaire du bois de Boulogne est de la même farine que le mariage américain. Si tu ne m'avais pas seriné qu'il faut tout faire au plus vite pour être au plus vite revenue de tout, je ne l'aurais pas fait. Le Bois, je m'y suis aventurée moins pour complaire à Guillaume qui n'y tenait pas du tout que pour en finir avec l'idée de prouesse indifférente. Sur Guillaume j'ai une tout autre opinion que toi. C'est un homme chaste et pur, c'est pourquoi il fabrique des perversions comme d'autres des rêves. J'aurais pu le rendre très heureux en l'épousant et en lui racontant chaque nuit des histoires, comme Schéhérazade, mais je ne l'aimais plus, il buvait trop, la boisson faisait déborder ses rêves, et puis j'avais rencontré Pili. Pili m'a donné la clé de la porte qui ouvre sur le jardin de l'intimité entre sœurs et que tu ne m'as pas donnée, que tu n'as même pas compris que je te demandais à toi. Tu me crois, ou tu ne peux pas comprendre et croire à la fois ? Je te l'ai demandée dès que je t'ai vue, à Tarragone, sur la terrasse des frères Quatrecases. Si la photo qu'Indio a prise ce soir-là avec son flash — tu te souviens comme il était fier de son flash ? — se trouve toujours sur ma table de nuit ce n'est pas parce que je l'ai exhumée d'un tiroir, comme je t'ai vu faire lors de certaines arrivées, mais parce que c'est sa place habituelle, définitive. Je t'ai immédiatement aimée, contre toute attente, parce que cette sœur aînée qui me tombait du ciel, en soi, ça ne me plaisait pas du tout. Indio et Cristina m'avaient raconté un scénario invraisemblable. Moi je voulais un frère, qu'il soit bébé et de Maman. Mais tu étais le contraire de ce qu'ils m'avaient décrit. Tu avais l'air d'un jeune homme intrigant et joyeux, tu t'es inclinée cérémonieusement devant moi, tu m'as vouvoyée. Tu te rends compte pour une petite fille de dix ans ! Tu as passé plein de contrats avec moi : si je corrigeais tes fautes d'espagnol, tu m'enseignerais le français. Si je faisais le guet pour toi pendant que tu allais aux toilettes, tu ferais le guet pendant ma récolte de mégots. Si je t'expliquais qui était l'épouse de chacun des frères Quatrecases tu me confierais à ton tour un secret, ainsi de suite. J'ai déchanté dès l'hiver suivant, à Noël, quand Cristina m'a emmenée pour les vacances à Paris. Paris ! En quinze jours tu m'as vue deux fois.

Deux fois en tout et pour tout. Or Paris ce n'était ni la tour Eiffel ni le cirque d'Hiver, ni même Indio qu'on allait retrouver, c'était devenu toi. Et tous les matins dans la chambre d'hôtel je restais assise près du téléphone, persuadée que tu allais m'appeler, m'emmener avec toi. Tu as été horrible. Pendant des années j'ai attendu la même chose impossible de toi, la durée, la transformation des moments que nous passions ensemble en durée continue. Une sorte d'éternité, rien que ça. L'intimité avec toi, se voir le matin et se revoir l'après-midi sans que ça compte pour deux, et le lendemain comme la veille, et pas se raconter les choses mais les vivre ensemble, s'écrire, se répondre, être comme deux sœurs qui ne sont pas sœurs. L'écart entre nos âges a diminué en même temps que se creusait un autre écart, bien plus grand que la distance Madrid-Paris, entre ma constance et ton infidélité, mon besoin de toi et ton non-besoin de moi. Et tu t'efforçais fougueusement de m'inculquer ce principe que rien n'est indispensable... à moi qui ne songeais qu'à t'attacher. Je cachais, mal sans doute mais tu n'y as vu que du feu, ma réprobation devant l'égalité que tu faisais régner dans tes aventures avec les hommes et les femmes. Cela m'a toujours choquée comme quelque chose de convenu, d'ancien régime, un libertinage qui signifie surtout pas d'égal, pas de rival, et aucunement la liberté que tu prônes. Est-ce faux? Mais j'étais moins choquée qu'agressive et jalouse des belles amies. Il me semblait que tu déportais sur elles un privilège qui m'était exclusivement réservé : l'intimité avec toi. Ce n'était pas le plaisir qui me rendait jalouse, tu lui accordes si peu de place, tu le coupes tellement du reste, tu l'as tellement ridiculisé, maintenant je sais pourquoi...

J'aimerais vraiment connaître son explication mais je m'arracherais la langue plutôt que de poser une telle question.

— ... Non ce n'est pas le plaisir mais toute la vie que tu leur donnais, de détails, de rendez-vous, d'achats, de choses idiotes qui se tissent aussi bien avec un homme mais qu'à cause de l'absence monumentale d'Indio nous avons toi comme moi très fortement liées sinon à nos mères du moins aux femmes. C'est ainsi que j'y suis venue, lentement, pesamment, par toi et contre toi, pleine de doutes, sûre de ma malchance et de mon erreur. Cette paix dont je parlais avec Pili m'a vite paru coupable. Elle me révélait une guerre antérieure, un trop authentique et longtemps réprimé goût des femmes. Une paix coupable en sorte, que j'ai cachée derrière une intense activité. D'où ma brouille avec le docteur qui prétendait qu'on ne pouvait plus me voir que par machine interposée. Il pressentait que derrière se tenait une autre que celle qu'il avait connue, une qu'il ne voulait pas voir. Je me cachais pour que personne ne puisse soupçonner que mon corps était devenu cette machine délicate et irrégulière que seul un amour de femme parvenait à guérir de la maladie d'être une machine. Votre légèreté à tous les deux, je n'en pouvais plus. De la tienne, mettons esthétique, de la sienne, éthique? Maintenant qu'il est mort tu vas réunir les deux, c'est sûr, tu hérites, tu triomphes, tu vas triompher j'en suis sûre mais abandonne, je t'en prie, il t'en conjurerait lui-même, ton mépris de la passion. Et laisse-moi la lourdeur. Aie de la considération pour elle. On n'est pas impunément attirée vers le haut. Je te vois trop attirée par l'espace sans ombre. Je ne m'y suis pas trompée, tu sais, avant l'été, je n'ai pas cru un seul des mots que je t'ai arrachés. Que tu étais malheureuse, que tu souffrais comme tout le monde, que tu n'avais jamais rien voulu connaître à toi-même et que tu y étais acculée! Toi acculée! D'ailleurs quand tu donnes des réponses c'est que tu ne te poses pas de questions. Tu faisais semblant de t'en poser. Autant d'exercices destinés à faussement te convaincre. Allons, allons dis-le que tu es intimement persuadée du contraire, que tu n'es pas comme-tout-le-monde et que tu n'as aucune envie de le devenir. Fais-moi confiance, la souffrance n'est pas ton affaire. Pourtant tu souffrais... mais comment te dire, irréellement. C'est tout simplement ta vérité qui était fatiguée. Tu étais très fatiguée de toi-même avant l'été comme après un long effort contre nature, parce que le mariage avec Léonard a été le point culminant, pour toi en creux, d'une période fausse, à l'envers, d'ascèse inverse qui consistait à te déclarer attachée ou unie à quelqu'un comme-tout-le-monde. Or tu n'es pas, tu ne peux pas, non, ça t'ennuie, et l'ennui est le seul monstre que tu connaisses. C'est ta faiblesse mais c'est ta force, ce par quoi le docteur ne pouvait t'attraper, lui qui connaît les vrais monstres. Derechef il te déclarait archangélique. Et sans qu'aucun élément nouveau soit entré en ligne de compte il se réconciliait avec toi. Si faire semblant est l'être même, peux-tu m'expliquer pourquoi tu n'es pas fondamentalement malheureuse quand tu pleures ni fondamentalement heureuse quand tu ris ? Tu ne le sais évidemment pas puisque tu négliges aussi bien la seule théorie que tu professes. Moi je dis qu'avec Léonard tu as été presque heureuse, presque malheureuse, presque amoureuse, presque quittée, mais pas pour de vrai. Et quand on a senti ça, on fuit. On fuit avant d'être abandonné dans ce terrain vague qui est au milieu de toi et dans lequel on a tous plus ou moins cru pouvoir construire quelque chose où habiter en toi, avec toi, et c'est ça l'illusion, pas le terrain vague mais de croire qu'il est, lui, irréel. Continue donc à nous juger indignes de la passion que tu n'éprouves pas pour nous et qui, au centre de toi, attend le déluge. Ne lâche surtout pas une parcelle de ton être. Qu'il reste vague, interdit de construire, c'est merveilleux ! Après surtout ce sera merveilleux, quand il n'y aura plus rien autour...

Aucun doute, elle couvrait les points chauds, il y avait du grand reporter en elle. L'image du terrain m'a frappée. Si c'est vide et au milieu, il peut s'agir du cœur, du sexe, de l'âme, impossible de mettre un nom dessus. A quel bord extrême de la réalité dois-je brancher la prise qui allumera cette image et me permettra d'y voir clair comme en plein jour ? De plus, Dorotea se souvient de plein de choses que j'ai oubliées. Mais si je les oublie c'est qu'elles ne servent à rien. Pourquoi me redonner des souvenirs qui conduisent au présent alors que je veux aller en sens inverse, non ça ne veut rien dire, que je veux aller à reculons vers le futur, oui c'est ça, être reconduite au futur, par le passé vivant en somme, pas les souvenirs. De cette famille qu'Indio complique à plaisir Dorotea est loin d'être sortie. Elle fait de fausses sorties, comme moi peut-être de fausses entrées !

Je n'ai pas contrefait la certitude quand je lui ai plus ou moins exprimé cela, que j'étais presque sûre, notamment grâce à elle et au voyage espagnol, de renverser l'après (dans sa terminologie « le déluge ») en ici et maintenant. Que je ne désirais plus accumuler mais dépenser. Oui, je vais dorénavant dépenser ce que je n'ai pas pour l'avoir.

Un étonnement incrédule et joyeux s'est peint sur son visage. Un tel appétit que je l'ai vue en chienne et moi en os sur lequel se faire les dents. Elle demandait pourquoi, comment, et ses canines scintillantes me renvoyaient à ce manque d'appétit contre lequel je luttais. Pas question pour moi de lâcher que l'homosexualité d'Iñigo rendait nulle et non avenue la mienne, ou la nôtre, ou la sienne, qu'elle tenait entre ses dents et qu'elle n'aurait à son tour lâchée pour rien au monde, alors que ce n'était *rien*.

— Plus tard, ai-je dit, je t'expliquerai. Quand tu auras terminé l'exécution.

A ce mot que je n'avais pas choisi une colère a commencé à crépiter, mais comme au ciel, errante, sans qu'on sache trop où elle va éclater. Plutôt contre elle-même que contre moi, pensai-je, plutôt se croire coupable de m'avoir blessée, se détester que me haïr. Etrange amour. J'ai vite corrigé, vite parlé exécution d'un portrait. L'original ne se plaignait pas de la ressemblance mais des couleurs. Une phrase de peintre résonnait dans ma tête. J'aurais bien voulu comme le docteur m'en référer à l'autorité d'une citation. Je cherchais — je crois qu'il y était question des couleurs comme autant de leurres — et puis cela m'a paru vain, j'ai renoncé, j'ai laissé tomber lourdement ce que j'avais sur le cœur : Toi, moi, tout, tu parleras de tout plutôt qu'en arriver à Constance.

A deux ou trois reprises, dont ce soir-là à Madrid, j'ai vu sur le visage de Dorotea quelque chose qui ne vient certainement jamais sur mon propre visage, le contraire des larmes. Les larmes marquent les confins de ma civilisation tandis que Do remonte plus loin, au-delà d'Indio même dont la grâce effaçait toute trace de ces liens familiaux que les Indiens disent avoir avec les animaux et les montagnes. Or cette parenté revenait sur le visage de ma sœur, rarement mais quand même, la trace archaïque d'un croisement entre un aïeul et un colibri dans le meilleur des cas, d'un aïeul et d'un coyote ou d'un rocher sauvage dans le pire. La lumière, l'intelligence qui chez elle va de pair avec la bonté, se retire inexorablement et un morceau de la nuit des temps, de cordillère glaciale, d'élan carnassier, vraiment cruel, passe sur le bas de son visage. Je crois que ce sont ses lèvres qui font revenir le coyote, la tête de chacal. Elle va hurler, mordre dans la chair humaine, oui.

— Oui j'ai couché avec Constance puisqu'il n'y a que cela qui t'intéresse.

Et puis elle redevient ma sœur.

Ne pas oublier sa timidité, ses accès sauvages de timidité. « Coucher avec » en est un. J'accentue la vulgarité de la chose sur ce ton léger que je prends en même temps qu'un risque :

— Décidément elle se sera fait toute la famille. Et j'ai tort, j'en conviens, mais au nom de quoi ne pas avoir tort ? La brutalité est sortie du terrain vague mais aussitôt son irréparable ennemie, la tendresse, la bloque. Je retire ce que je viens de dire, non par contrition, par affection. Car le visage de Dorotea s'est affreusement décomposé, encore plus violemment que devant mon sang. Le mot de trop, qui est *toute* la famille, je m'en retire, j'affirme que je n'ai pas touché à un seul cheveu de Constance et je comprends en même temps que ce n'est pas de la rousse que je devais me méfier. Dans le méfie-toi d'elle il y avait un méfie-toi de moi. En idée je passe mon bras autour des épaules soudain ployées de ma sœur mais en idée seulement, impossible de la toucher. Non-désir encore plus fort que ce non-amour qu'est la tendresse. Alors je répète que je jure que, etc.

— Mais cette phrase, cette phrase, répète-t-elle à son tour.

— Je songeais à Indio.

Il s'est passé alors quelque chose d'inimaginable qui déboulonne la statue de la raison devant laquelle j'ai coutume de m'incliner, une preuve éclatante — et Dieu sait que je ne suis pas en quête de preuves — qu'il est inutile de croire à la profondeur humaine. Une gelée, un brouillard suffisent à l'abolir. Un malheureux sentiment dit de neige et de feu en vient toujours à bout. La vue perçante de Dorotea s'était affaiblie jusqu'à la cécité. C'est triste à dire mais le héros continue d'être l'inconnu qui rend aveugle. Auquel on peut adjoindre l'autre inconnu, qu'on le nomme décemment Géomètre ou Ensemblier. Au lieu d'étouffer, Dorotea a respiré. Au lieu de faire entrer le doute en elle, elle l'a décapité. Par un mouvement très gracieux elle m'a expliqué la Terreur. Elle a dégagé son cou de héron d'entre ses épaules, elle n'a plus frissonné de peur. Avec une candeur qui dépasse l'entendement..

« ... *Avec Mémoire et Volonté la troisième faculté de l'Ame. A vous trois vous finirez bien par fabriquer une âme. J'ai toujours pensé qu'Aurora était la seule raisonnable des trois. Toi tu ne t'inclines pas du tout devant la raison. C'est la statue de la volonté qui tombe sur toi chaque fois que tu te diriges vers...* »

Evidemment la voix se brouille avant que le docteur dise vers où. S'il s'amuse à suggérer que des trois je suis la pathétique, qu'il s'amuse tout seul. Avec une candeur qui défie l'entendement, Dorotea a soupiré. Elle a poussé un gros soupir et apaisée, délivrée, elle m'a souri. Comme si elle me tirait d'un chemin battu, avec un brin de condescendance, même un soupçon de malice, elle m'a expliqué qu'il s'agissait de tout autre chose, que ça n'avait rien à voir.

J'étais un peu ahurie.

— Mais ne m'as-tu pas dit toi-même qu'elle l'avait bien connu ?

Avec des précautions d'infirmière s'adressant à un grand malade, désireuse sans le contrarier de ne pas entrer dans son délire, elle m'a répondu tout en versant du whisky dans mon verre car ce n'était plus du tout l'heure du thé :

— Allons, allons, chérie, toujours ton interprétation biblique. Mais ça n'a rien à voir. Elle a rencontré Indio à Rome alors qu'il était déjà très malade, elle l'a revu à Londres quelquefois, tu sais bien, il allait mourir, elle a pris soin de lui. Elle a été très gentille pour lui.

Voilà pourquoi, aussi longtemps que la parole de Constance qui fait partie de l'amour d'elle régnera sur ma sœur, je ne pourrai plus partager avec elle « l'heure du thé », la plus métaphysique. Je me tairai. Je ne poserai pas la question qui brûle maintenant mes lèvres : est-ce elle ou Constance qui savait la mort proche ? Constance habitait ma sœur depuis leur rencontre, après la mort d'Indio. C'est autour d'elle que Dorotea rêvait, à elle qu'elle écrivait les lettres qu'elle ne m'écrivait plus. Elle qui était devenue l'objet de ses vœux. « Le Nord de ses pensées ! »

J'avais bien été trompée. L'absence d'instinct ne trompe pas. Cet été même, entre Londres et Los Heraldos, Constance s'était arrêtée à Madrid, dans l'appartement où je me trouvais ce soir, posant sa valise sous la fenêtre où je m'étais blessée, couchant dans le lit où je ne voulais pas dormir. Le temps d'entraîner comme partout et comme il était dans sa nature de faire, quelqu'un, ma propre sœur, dans l'inceste. Et ma propre sœur n'y avait vu que du feu. Bel effet du caractère. « *Ou de la Mémoire.* »

Sa mère avait toujours cassé, perdu, oublié de remonter ses montres. Les heures continuaient à s'envoler de son poignet loin d'elle, comme autant de créatures baguées à son nom, et le plus fort c'est qu'il se trouvait toujours quelqu'un pour les lui rapporter, moi en l'occurrence, quand je me suis exclamée sur le pas de la porte : mais il est deux heures ! Eh oui, il était deux heures, et Cristina ni prête ni habillée, le visage humide et chaud des gens qui ne se préparent vraiment pas à sortir avec vous. J'ai vite compris pourquoi car elle m'a entraînée sur la terrasse qui fait le tour de son appartement. Elle était déjà dehors, elle prenait son bain de soleil. Et quand elle a ouvert son peignoir pour se rallonger, elle était nue. Toute nue.

Qu'avaient-ils donc tous à se montrer à moi dans leur chair ? Se croyaient-ils enviables, faisaient-ils exprès ? On m'empêchait de respirer à la fin, on m'étouffait. Qu'on me laisse par pitié respirer l'atmosphère pure et blanche du docteur ! Mais depuis que Dorotea m'a dit qu'il ne fallait pas parler de lui à Cristina je les vois bizarrement, lui et elle, en train de s'embrasser ! Je ne vais pas me laisser prendre à cette glu, cette chair dont les femmes de la famille me font confidence et où je me sens comme un voleur dans un cabinet de glaces.

— La vérité puisque tu es mon témoin. Où est la vieillesse ?

Franchement, jamais un homme n'oserait cela. Elles me font rire. Elles prétendent chasser le temps et vous demandent sur la lancée où il loge sur leur propre corps. Aucune envie de voir, ni de savoir, et pour de multiples raisons.

— Où est la vieillesse ? répète-t-elle.

Elle paraît sérieuse. Elle pose une vraie question. Je vais regarder et je ne trouverai pas. Et puis non, je m'énerve, je vais regarder sans aménité, pour trouver. Elle veut la vérité, elle l'aura. Ce n'est pas facile car je ne l'ai vue nue qu'une fois, à la lumière basse d'une lampe, elle-même fort éloignée. La comparaison à la lumière du jour doit être féroce. Eh bien non, je ne vois rien. Il faut dire que je ne me souviens de rien non plus. Je parcours les lignes de ce nu. Lignes intactes. Maintenant je vais le traverser. Ah, finalement, oui j'aperçois la vieillesse mais dans une position ridicule, lovée, bénigne, enroulée comme avec précaution autour de l'endroit qu'Edmond Bloch justement ne peut pas voir, même s'il ne ferme pas les yeux, même s'il garde ses lunettes, qu'il ne peut absolument pas voir quand il y est. Là et là. Et Cristina le sait puisque sa main tourne autour de la margelle de sa vieillesse, en haut des cuisses, en bas du ventre. Son mouvement de description déloge les plis et les chasse exactement comme elle fait avec l'heure. Ce n'est pas moi qui rapporterai !

Maman ! crie une voix suraiguë. Il est deux heures et demie et j'ai faim ! Un garçon-sauterelle vient s'abattre sur elle et commence à la manger, exprès, devant moi. Son existence m'était complètement sortie de la tête.

— C'est ça la fille d...

— Elle et pas ça Pedrito, dis bonjour.

— Ça la Française ?

Devant son air écœuré je fais aussi la dégoûtée.

— Ça Pedrito ? Quel drôle de type, ce qu'il est maigre !

— J'ai neuf ans. Et toi ?

— Huit ans. Cinq fois.

Il hausse les épaules, je suis vraiment trop pion. Mais si je suis bête, rien à craindre de mon côté. Il faiblit, on se serre la main.

Pendant que Cristina se préparait j'ai aidé Pedrito à mettre le couvert et à attraper les verres qui se trouvaient aussi haut qu'à sa naissance. Le repas était prêt à poser sur la table. Il m'a confié en vrac que les escalopes panées froides sont meilleures si on les mange entre deux tranches de pain, comme en pique-nique, qu'il a une coccinelle dont il se demande si elle supportera le voyage en avion, qu'il s'est renseigné sur le type de capsules qu'on peut trouver en France et que côté rafraîchissements ce n'est pas brillant, aussi Estados Unidos qu'en Espagne. Comparée à celle des femmes la conversation avec Pedrito est pleine de détails bruts auxquels s'accrocher. On peut discuter. Comme il n'y avait pas de dessert, il est descendu rejoindre son copain, le fils d'un ultime veilleur de nuit, pour choisir avec lui l'endroit où libérer la coccinelle.

As-tu des photos, ai-je demandé à Cristina, de toi quand tu as épousé l'avocat, et de l'époque où tu as rencontré Iñdio, et de Dorotea petite, et de moi l'été où on s'est connues ? « *Toi ? on aura tout vu, maintenant tu prophétises le passé !* » Bien sûr, répond Cristina, j'ai des quantités de photos, je croyais que ça ne t'intéressait pas. Dorotea, elle, passe des heures dans le tiroir aux photos. Je continue : et les frères Quatrecases que deviennent-ils ? Le plus vieux, comment s'appelle-t-il déjà, et Antoní, et Pepe ? Cristina hésite. Je n'ai pas eu tort de poser ces questions, la réponse dépasse mes espérances :

— Le plus vieux rajeunit à vue d'œil, il est retombé en enfance. Antoní a une chaire de poétique catalane à Barcelone. Pepe, Pepe... mais Dorotea ne t'a pas envoyé le faire-part ?

Je pousse un cri de rage, elle le prend pour un cri de douleur. Elle en est si surprise qu'elle lâche le tiroir aux photos. Je m'agenouille pour les ramasser et je tombe sur elle, radieuse, toute brillante en noir et blanc, lèvres, cheveux et anneaux d'or, plus belle et plus heureuse que jamais ma mère. Oui elle a changé.

— Nous avions exactement le même âge. J'ai eu beaucoup de chagrin. Tu sais, Luz, il surveillait très délicatement ma vie. Il me faisait la cour en public dans les périodes difficiles. Il m'a même prêté de l'argent. Mais toi, tu l'as à peine connu !

— Oui. Mais je lui avais fait une promesse.

— Tiens. Comme moi quand j'ai rencontré Indio. Elle raconte toujours l'histoire de la promesse à Indio. Elle nous l'a racontée vingt fois, parce qu'elle a tenu sa promesse. Moi je ne l'aurai pas tenue. Je revois son écriture appliquée, au stylo bille. Pepe m'a peut-être écrit la seule lettre d'amour sincère que j'aie reçue de ma vie, sans phrases ni paragraphes. Une lettre chantée, comme celles d'Indio avant la dernière. J'ai reçu cette lettre quatre fois, presque la même, à la même date. Et puis la cinquième année elle n'est pas revenue.

— La terrasse à Tarragone, c'était chez l'aîné des frères ?

— Non, chez un cousin, commandant de la troisième région militaire. C'est par ce cousin que nous étions un peu parents.

Nuit où je découvre l'autre famille, l'autre femme, l'autre fille, et en même temps tous les hommes en la personne des trois frères Quatrecases qui chacun à sa manière m'ont courtisée. Quand il fait chaud n'importe quelle jeune fille a l'air d'une femme. J'étais vierge mais je n'en avais pas l'air sur la terrasse du commandant de la troisième région militaire. Dorotea m'avait prise pour un jeune homme et les trois frères me prenaient pour une femme. Il émanait d'eux d'irrésistibles effluves d'eau de cologne de Cologne, du salon où ils étaient restés assis pendant le feu d'artifice. Ils discutaient comme s'ils ne s'étaient pas vus depuis longtemps, comme si, leurs épouses se détestant, ils ne pouvaient se parler en secret qu'en public, lorsqu'il y a une fête ou un accident. D'ailleurs une seule des trois était venue, la plus âgée. Les invités se trouvaient presque tous sur la terrasse. Les artificiers tiraient sur la nuit. Un bruit de guerre s'abattait sur la mer quand l'aîné est venu me chercher, une petite couronne brodée tressautant sur sa chemise, pour me prier de venir boire avec eux ce champagne catalan qui se fabriquait sur leurs terres. C'est ainsi qu'ils se substituèrent au feu d'artifice et me firent entrer dans le murmure inoubliable de leur compliment. Ils n'avaient pas compris qui j'étais, ils me prenaient pour une femme française et la conjonction des deux termes devait leur procurer un frisson délicieux de liberté, d'où les coups de feu assourdis, les bouquets, qu'ils se mirent à tirer sur moi devenue leur nuit possible. Ils me transformaient en bien davantage qu'en belle bleue ou en belle blonde car m'ayant déshabillée de mon nom ils me recouvraient de ces adjectifs qu'on jette aux passantes anonymes, douceurs lâchées comme des jurons, pluie fleurie de fleurs obscènes. J'étais loin de comprendre ce qu'ils pouvaient dire sur ma personne devenue la leur mais je les sentais joyeux, déliés, sans aucune rivalité entre eux puisqu'ils appartenaient à une famille qui n'attend pas la réalisation de ses désirs les jugeant tous exaucés. Cette impression de gratuité persista jusqu'au moment où je vis les lèvres de Pepe, le plus banal et le moins vieux, trembler sous sa menue moustache. Il avait une tête ordinaire, de militaire, d'alcade, même le roi aujourd'hui a sa tête, sauf qu'il portait cette petite moustache particulière comme tirée au cordeau. Il paraissait sûr de son monde, du transfert de la couronne sur sa chemise, de son champagne, de son havane. Sous ses chaussures vernies la terre ne pouvait pas trembler et il portait fièrement jusqu'à sa calvitie qui n'avait pas éclaté en touffes, comme chez Antoní, mais reculé dignement, avec égalité, dégageant un front limpide de toute idée originale et deux yeux bruns tranquillement séparés. Pas un tracas, pas une ride entre eux. Et comme dans leur sage recul ses cheveux s'étaient regroupés épaissement sur la nuque il trouvait commode de s'y appuyer comme sur un coussinet pour regarder de loin ce qu'il voyait de près, moi en l'occurrence. Mais ses yeux ne lui servaient guère, il regardait depuis ses lèvres entrouvertes. Des lèvres nonchalantes, à la fois molles et dessinées, qui me troublaient d'être sur place si énergiquement corrigées par la férule courte et brune de sa moustache, aussi cinglante que le paradoxe quand il tourne dans les yeux du docteur avant de vous vriller. Quand Pepe souriait sa moustache, mais le mot est trop lourd pour cette tige de poils, déviait légèrement vers le haut, trait d'humour naturel qui autorisait en quelque sorte l'économie de pensée. Or toutes ces certitudes se mirent à trembler sous la férule et la construction s'effondra au moment où Indio, entourant mes épaules de son bras, me caressa d'une fille chérie et me demanda si je m'amusais. Pepe découvrit que j'appartenais à Indio, que j'étais sa fille, pas une femme. Ce fut trop soudain, trop fort, trop paradoxal, il n'avait pas le genre aigu et il fut jeté dans le vrai désir. Mon irréalité le fit trembler. Je lui étais interdite autant qu'il m'était défendu. Derrière l'alcade et le militaire se profila un adolescent fébrile, voluptueux et désespéré. Il s'enivra tandis qu'il m'ouvrait à la dévorante curiosité d'un homme qui n'était pas Indio.

Ne sois pas triste, dit à propos Cristina. Que lui avais-tu donc promis ? Mais j'étais restée sur une mauvaise impression d'elle, de femme changée, et je me proposai d'aller baigner les roses d'Edmond plutôt que de répondre. Elle m'arrêta. Ce n'est pas la peine quand on part le lendemain. On les jette. Elle avait commencé ses bagages. Ensuite nous irions à pied à travers le parc du Retiro chercher le tailleur chez doña Eugenia.

Ils étaient tous les trois, plus une épouse, assis au bord de la piscine, et ils se sont levés en ôtant leur chapeau de paille.

— Pourquoi Indio ne nous a-t-il pas accompagnées quand toi et moi sommes allées chez eux, dans leur propriété ?

— Chez qui ?

« *Elle n'a jamais su écouter,* dit le docteur, *écouter est une activité liée au temps qui passe, Dieu est seul à pouvoir écouter sans fin, sans jamais interrompre le cours du récit. Elle n'écoute que si on téléphone. Tu pourrais lui téléphoner cette histoire.* »

Indio devait avoir rejoint Madame Martinez en Italie et Pepe envoyé sa voiture nous chercher ce jour-là parce qu'il était lui-même célibataire. Il m'a guidée à travers des salons, des portraits, des coffres sombres, jusqu'à l'endroit où je pourrais quitter ma robe et enfiler un maillot. Cet endroit était sa chambre. Ses enfants se trouvaient dans des cadres, ils avaient mon âge, il aurait pu être mon père. Les chambres d'Indio sentaient le lime et la gitane, l'odeur de Pepe était de havane et de cologne. Après le bain dans la piscine, il a prétendu que je ne saurais pas seule retrouver mon chemin. Nous sommes repassés devant les ancêtres. Par contraste avec l'extérieur torride le contact des dalles, la fraîcheur des couloirs faisaient frissonner. Il a ouvert la porte et cette fois il est entré avec moi.

— Je me souviens bien de deux choses, ai-je dit à haute voix, de sa moustache et de sa queue.

Là j'ai quand même fait sursauter Cristina. Elle était indignée.

— Toi tu étais dehors, tu n'imagines pas ce qu'il pouvait faire froid à l'intérieur de la maison. Il m'a fait couler un bain d'eau chaude et quand je n'ai plus entendu l'eau couler il m'a appelée. Il était nu, il bandait. Je n'avais jamais vu. C'est le premier homme que j'ai vu bander. Il m'a dit : Je veux que tu voies ce que c'est qu'un homme qui te désire. Il m'a fait promettre que nous ferions l'amour quand je serais une femme. Et je n'ai pas tenu ma promesse.

— Mon Dieu ! dit Cristina qui écoute. Indio m'a dit à peu près la même chose... je le désirais si fort aussi... je savais où se trouvait sa chambre au bout du couloir sous la tête de biche empaillée... mais... tu comprends j'étais une femme mariée même si... je devais être la seule éveillée dans la maison car ils repartaient tous très tôt le matin pour la chasse... j'ai cru rêver quand j'ai entendu frapper à la porte... c'était lui... lui non plus ne pouvait pas dormir et c'est la même chose j'étais comme toi mais il ne pouvait pas savoir... il a cru que je mentais quand je le lui ai dit... quelle nuit ô quelle nuit nous avons passée !

Par bribes cette nuit remonte à ses lèvres et nous la connaissons par cœur, Dorotea et moi, elle nous l'a tant de fois racontée que si elle omet un détail, si elle omet la formule fameuse qui nous a tant fait rêver l'une et l'autre « et tout ce que nous pouvions faire nous l'avons fait », c'est comme si toute la vérité s'en retirait. Peu nous importe l'inversion de son premier et seul mari jusqu'à Edmond, l'annulation du mariage à Rome et l'examen de sa virginité, si elle omet de parler de la tête de biche, du tout ce que nous pouvions faire nous l'avons fait, si elle ne compare pas alors l'enfer et le paradis, si elle oublie qu'ensuite il est arrivé en plein hiver sans manteau, ayant sauté dans le premier avion après avoir appris par téléphone qu'elle était enfin libre, et qu'il est arrivé essoufflé comme un jeune homme, comme s'il avait couru, nagé, volé, depuis Milan, alors nous lui en voulons, nous nous moquons d'elle et de sa nuit qui est la plus belle de notre vie car elle est impure et chaste et que nous ne sommes pas nées d'elle.

Nous avons franchi les grilles du parc et traversé le Retiro pour aller chez doña Eugenia. Aux alentours de cinq heures les promeneurs étaient rares à cause de la chaleur. Un petit garçon, la tête renversée, s'exerçait à boire à la fontaine comme au jet d'une gourde. Sa sœur comptait gravement les gorgées. Un maure observait leur demoiselle et quand je me retournai, de loin, il se penchait sur elle comme sur une fontaine. Au retour je portais le tailleur sur le bras, plié dans du papier de soie. Après maints détours, nous sommes repassées par la même fontaine. Des couples s'y éclaboussaient, d'éternels fiancés espagnols qui attendent que la nuit tombe. Nous n'étions pas pressées, il n'y avait plus qu'à poser le tailleur sur le haut de la valise.

— Quelle belle promenade, m'a fait remarquer Cristina.

Aller se promener a longtemps été la proposition la plus morne que le genre humain puisse me faire. J'en connais une pire qui est d'aller au musée. Dorotea assure qu'on se trouve dans les musées, moi je ne me déprends pas de l'idée qu'on se débarrasse ainsi de moi, que cela se substitue à un projet plus vif, plus intime. Le docteur me convoquait en douce, il avait la manière : rendez-vous à 15 heures sous le premier acacia après la gloriette, ou : rendez-vous à l'ouverture devant *L'Homme à la main posée sur le cœur.* Il anticipait, il me chuchotait à l'oreille qu'en dessous c'était plein de cosses de haricots blancs, ou que de l'autre main il tenait un gant. « *Il n'a qu'un gant.* » La main et le gant fabriquent une intrigue. Quinze heures se met à luire dans le cadran verni de l'acacia. Une fois à Venise, Léonard ne voulait pas sortir de la chambre, j'ai emprunté sa technique (et le détail) au docteur, j'ai soufflé : C'est la première fois qu'un ciel d'orage avec son éclair est le sujet d'un tableau. Il est venu. A l'Accademia, dans n'importe quel musée connu, je n'aime que ce que je connais déjà. Le contraire de la vie, des rencontres. Autrement j'ai l'impression d'un danger, que je suis attaquée par-derrière par un chef-d'œuvre inconnu qui me fixe et me nargue dans le dos. Au musée c'est comme à la campagne, à la montagne, j'ai beau tourner la tête je ne vois pas. Je ne sais pas qui chante. Les bêtes me font peur, je leur fais peur aussi. Là où Léonard apercevait un écureuil j'en déduis qu'il pousse un noisetier, là où Cristina reconnaît une mésange, le docteur me souffle : « *Bouquet ailé, violon de plumes.* » Je ne suis plus fière de mes manies ni d'aller au plus vite d'un point à un autre comme si j'étais horriblement pressée. Quand j'y pense j'essaye de freiner, hélas, je continue à marcher droit devant moi pour arriver plus vite là où j'ai prévu que j'allais, sans regarder à droite ni à gauche. Après je me plains de ne tomber sur rien ni sur personne. Je freine, comme dans un roman que j'aime, mais c'est encore trop vite comme si je préférais l'avoir lu. Comme si plus vite fait mieux c'est. Cristina n'a pas tardé à poser la même question que Dorotea, pourquoi je marchais à cette allure ? Je me suis sentie confuse, j'ai ralenti, décomposé mon pas, j'ai eu l'impression d'être un cheval qui valse. Une deux trois. Au bout de quelques mètres j'avais son rythme.

J'ai regardé ses jambes. Il aurait fallu m'éloigner pour comprendre le secret de son pas dansant et je n'avais pas envie de m'éloigner d'elle, je subissais à nouveau son charme. J'imaginais Indio marchant près d'elle, comme moi, s'arrêtant, lui, tout le temps. Regarde, regarde... Ils devaient aussi se regarder l'un l'autre, debout, arrêtés dans les jardins, réjouis d'avoir un cœur pur.

On va aussi se promener avec quelqu'un pour soi-même. Penser à des choses auxquelles on ne songerait pas si on ne se promenait pas justement ensemble, et qu'on se dit de profil, aussi librement que sur le profil d'une montagne on se livre à l'écho qui répète. Cristina, réflexive ou nonchalante, me renvoyait ainsi la fin de mes phrases.

— Toujours prêt à obéir à son cœur.

— A son cœur...

Petit miracle hors les murs, loin des lieux fermés, chambres, cafés ou heures du thé, en silence, à haute voix comme pour soi-même, loin des champs clos où tournoyer, s'expliquer au nom de la vérité, la vérité si pénible et si vaine puisqu'elle ne porte jamais que sur la moitié de soi qui se trouve en face de l'autre, dans son champ. La promenade est un lit vertical, un divan dans l'espace d'où les choses vous échappent d'on ne sait où. Elles détalent d'un fourré, elles montrent leur face brune ou leur petit derrière blanc. Elles pointent après un long trajet sous terre leur truffe frémissante toute noire et humide. Une épine après des années redonne la goutte de sang qui avait taché mon unique robe blanche. Une cloche sonne et il n'y a pas d'église. Le goût qu'il disait avoir de moi remonte à mes lèvres. J'ai le goût de toi. Et c'est égal que je le dise à Cristina ou que cela soit sifflé par un merle.

Cette relative indifférence nous rendait libres, faisait de nous ce couple non obligé se promenant par hasard dans le Retiro et se parlant comme à soi-même. Dix, vingt photographies de Denis et je saurais aujourd'hui qui nous étions, à l'image des pages qu'il écrit s'il fait sans appareil un portrait et qu'il a encore besoin des lignes à défaut des phrases. Nous n'en terminions aucune, si pleines de détails et vides de secrets qu'on ne précisait même plus si c'était Indio ou Edmond Bloch le sujet, Pedrito, quel frère, quelle fille. Pour Denis en fait c'est sans regret, les couples de fiction ne l'intéressent pas et nous étions fictives, illégitimes. Elle aurait pu être ma mère et elle ne l'était pas. Me détester comme on déteste la fille que son mari a eue d'un autre lit mais cette expression bourgeoise l'aurait fait rire, Indio n'ayant pas non plus été son mari. Elle aurait pu être troublée par moi. A quoi donc ressemblais-je ? J'aurais pu être troublée par elle. Sa robe noire à pois jaunes, la fine bretelle qui glissait sur son épaule, les plis bougeant sur ses genoux. Là, entre ses épaules et ses genoux, je ne parle ni de ses jambes ni de son visage, là même où j'avais vu tout à l'heure encore s'abattre Pedrito, dans ce quadrilatère brun et doré, Indio avait eu sa demeure préférée sur la terre.

— Et tu supportais les diminutifs ?

— Au début j'ai cru qu'il me rapetissait pour me mettre à sa taille parce que j'étais plus grande que lui. Mais non. Tous les gens d'Amérique parlent ainsi. *Senitos. Culito. Papita.* En soi répugnants, hors soi magiques. Petits noms qui diminuent les parties géantes d'une femmes pour s'y mesurer, ne pas la craindre, la prendre. Petits seigneurs se mesurant ainsi avec l'infini, le domestiquant en le chantant à leur taille. *Senitos culito papita.* Il dérobait leur essence aux mots essentiels pour s'y substituer et les pénétrer de son amour. Après il n'y a plus rien à nommer, le contraire de la poésie. Ainsi la couvrait-il dans le doux mugissement des diminutifs, ramenant l'indicible aux terres chaudes, les lourds seins gonflés de Cristina à l'exacte dimension de sa main, et le gouffre à un petit lieu comblé qu'il étoilait de jouissance. Je vois Dorotea jaillir de la nuit étoilée !

Il fait chaud et je change le tailleur de bras. Un couple s'embrasse les yeux ouverts. Je lève la tête. En haut les feuillages des ormes, des platanes, des châtaigniers sont bien distincts, au sol ils forment une ombre unique.

— Et quand il ôtait ses lunettes tu voyais comme ses yeux étaient noirs ?

— Non, non, sursaute-t-elle, avec moi il n'avait pas de lunettes, il était jeune !

Je me disais quand même, elle pourrait être ma mère, elle pourrait être ma maîtresse, et rien. Nous nous promenions sans désir, une barre de vide entre nous. Autrefois une partie finie de moi, ma main, mon bras, ma bouche, n'aurait pas résisté à franchir ce vide pour toucher la réalité de Cristina. Mais cet après-midi-là il me protégeait comme une rambarde ce vide, comme on comprendra moins vide qu'il n'y paraît, et il contribua à renverser mon opinion de la promenade.

— Il aurait fallu être jalouse de son cheval...

— De l'oreiller, de l'eau de pluie, même à la pluie, il tendait son visage.

— De ces filles ces mères cette épouse...

— Partout, toujours c'était comme ça.

Autre chose qu'un homme dans son aptitude quasi divine à ne pas se constituer en père ou en époux. Avait-il même été celui, exception faite de la nuit d'Aurora, de Madame Martinez ? Pour ma mère, une calamité ! Germaine m'interrogeait en cachette sur Indio, elle finissait toujours par soupirer : Je ne comprends pas ta mère ! d'où je déduisais qu'elle comprenait Indio. En femme rudimentaire, aussi subtile qu'une autre, un peu le cas de Cristina, à en croire le diagnostic du docteur. Mais comment, aujourd'hui où je commençais d'entrevoir la possibilité qu'il ait été épris d'elle, faire confiance à son « la belle est la bête ». Elle était selon lui la plus belle femme d'Indio, ma mère étant la plus ennuyeuse, c'est-à-dire la plus rationnelle, parce qu'ayant eu toutes les raisons de souffrir elle avait souffert. J'entends Iñigo prononcer du bout des lèvres en exagérant son accent anglais *la débonnaire Cristina...* Aucun des deux ne supporte qu'elle ait été tant aimée ou qu'elle ait tant aimé à leur place. La beauté de sa maturité, ou de sa vieillesse, peu importe, les nargue. Elle est la chair qui nargue le squelette. Dorotea a raison. Le docteur supporte mal qu'elle se remarie.

Qu'attend-elle de cet Edmond Bloch qu'elle va épouser sinon qu'il lui refasse l'amour déjà fait ? Qu'il vienne en elle avec son nom de Cristina et ce vocabulaire de nuit qu'elle attend en femme simplement voluptueuse, par conséquent pudique. Mais qu'elle attend peut-être avec autant d'impatience que Léonard les soupirs de Casals dans les suites pour violoncelle. Et lui, le futur ? En fait-il son écuyère ? Ou a-t-il la manie des messieurs qui retrouvent leur enfance et, accroupis sur nous, font tourner nos seins comme autrefois leurs toupies ? Décidément avec Indio seul, la volupté, ce mot ridicule, verse dans l'admirable.

— Pourquoi n'a-t-il jamais divorcé ? Parce qu'elle était riche ?

— Je crois qu'il avait peur d'elle.

— Parce qu'elle était laide ?

— Elle avait une bosse. On la disait un peu sorcière...

Guidées par les inflexions du feuillage et des allées nos questions ne faisaient pas d'éclat. Quand on s'interrompait à mi-mot c'était aussi pour ne se comprendre qu'à demi. Chacune faisait un bout de chemin avec le passé de l'autre comme s'il était le sien.

— Il devait être là quand elle avait décidé qu'il serait là, à Abano pour la cure, à Milan pour la Scala, à Bayreuth...

Après Cristina, qui avait-il aimé ? Vers quel nom de femme à la place du souffle avait-il couru avant celui de Constance ? Pourquoi me tendait-il ainsi sa main de neige au plus fort de l'été ? Et voilà que le docteur l'avait rejoint. Mais il ne fallait surtout pas le dire à Cristina.

— Quand on est seule ce n'est pas grave mais il y a Pedrito. C'est important. Je n'aurai plus de soucis d'argent, de soucis d'école avec le nom, de ceci de cela.

Un peu plus loin elle donnait une autre raison :

— Je ne veux plus être aimée.

Elle devait vouloir dire par quelqu'un d'autre qu'Edmond.

— Est-il jaloux ?

— Très. (Elle a insisté dans le ravissement.) Terriblement jaloux.

Dans le bar Guillaume dénonçait rageusement notre inaptitude à la jalousie. Radicalement faux pour Dorotea, mais pour Indio, pour moi? C'est plus compliqué pour lui puisqu'il aimait. A moins que le chant ne l'ait emporté sur la fleur. La fleur passée, il gardait le chant pour une autre. A moins que plus prosaïquement son statut d'époux immuable ne lui ait interdit de prendre ombrage des époux possibles. Je connais les débuts de ses amours, jamais la fin.

Derrière les grilles qui se rapprochent l'air bleuté s'alourdit en cette blancheur qui suspend, à la fin des journées très chaudes, le crépuscule. « *Avec Cristina il ne peut pas y avoir de drame. A cause de la bienveillance. Sa bienveillance est à mettre sur le compte de sa beauté. Elle rembourse sa dette au ciel. Indio, lui, dépensait le trésor.* » Mais s'il n'y avait pas eu la bosse magique entre lui et le monde, Pedrito aurait pu être mon frère, et Indio, à la place de Bloch, éperdument jaloux. « *Bien sûr. Veux-tu que je te raconte l'histoire de l'histoire qui ne se termine jamais ?* » Il a raison. C'est fini. Les grands arbres ailleurs seigneurs du paysage, ici rendus à la modestie d'une fonction, faire ombre, n'en font plus. Les étoiles du soleil pâlissent entre les feuilles. Mon dernier jour en Espagne s'achève. Il faut rentrer à la maison.

Je serais bien rentrée directement, sans en passer par le mariage à Porquerolles, étape obligée dont j'aurais volontiers fait l'économie. Sauf qu'il me fallait désormais dépenser ! Une insomnie heureuse me fit anticiper mon retour. J'arrivais chez moi pleine, riche et légère comme un œuf, avec le jaune et le blanc, ayant quitté les biens d'autrui comme s'ils avaient été les miens propres : ma propriété avec vue sur la mer, mes deux cents chambres deux cents salles de bains, ma lune et mon soleil privés, mon parc et l'immense doublure fraîche de ses arbres, mon oratoire, ma bibliothèque, mes tableaux... A sauts de puce je remontais, Séville-Madrid, Madrid-Marseille, là une enjambée vers l'île, et puis Paris. Ce n'était pas le grand Nord du capitaine mais le petit mien en direction duquel tremblait de plus en plus fiévreusement ma boussole. La place d'une femme est dans sa maison, me répétais-je, comme les astres. Ce qui était une façon de me prononcer.

Je me trouvais en plein ciel et par le hublot je voyais aussi ma maison :

Aya aya cette litière que je regarde voici que c'est la terre
cette porte que je regarde voici que c'est la lune aya
cette fenêtre au-dessus de moi voici que c'est le soleil
aya aya

— Qu'est-ce que tu chantonnes ? me demande Dorotea.

J'étais trop contente de me taire. Mes dernières crises de paroles avaient eu lieu. Je les voyais par le hublot s'effilocher comme des nuages. Je pris la petite main de Dorotea dans la mienne. Je plaignais sa souffrance. J'espérais qu'elle n'avait pas au moins commis l'irréparable qui est d'avouer son amour. Car dans ce cas tant pis pour elle c'était fichu. Elle imaginerait avoir un droit sur Constance, l'amour se prononce toujours en faveur de soi-même, et la petite s'enfuirait dans la résistance à jamais.

J'avais donc le sentiment de partir pour un voyage de retour. Du coup je croyais quitter l'été, sa promptitude à déshabiller, son côté bonheur malgré tout, la répétition du même avec le soleil. Je me trouvais de l'héroïsme à l'échanger sans regrets contre une sorte d'hiver. J'exagère avec mes contemporains l'influence des astres, des saisons. Pourquoi n'aurait-il pas fait aussi beau sur une île de la Méditerranée qu'en Andalousie ? Mais je ne pouvais pas prévoir qu'il ferait toujours aussi beau à Paris, que l'automne serait la continuation de l'été sous une autre forme, plus rouge, que la lumière ne voudrait plus me quitter. L'été qui rayonnait au centre du torse espagnol dont je m'envolais continuerait de rayonner d'île en ville jusqu'au milieu de la nuit dans ma chambre. Mais je n'en avais aucun pressentiment. Ce dont j'aurais été contente en fait de partir c'est de Cristina, de Dorotea. Je ne ferais plus un pas avec elles. Restait Edmond.

A force de croire qu'on est bon on finit par oublier l'effort que cela coûte. Et que cet effort qui transforme ma brutalité en manières me construit une figure presque opposée à ma vraie nature. Non qu'il soit plus facile d'être méchant, je pense même que c'est plus compliqué, mais à force de ne pas vouloir le paraître, j'outrepasse les limites de ce qui est décent. Je fus indécente avec Edmond. Je me réfugiai derrière une attitude exemplaire qui dut attiser son remords quand même épouvanté de l'attirance qu'il éprouva alors que je me dérobai facilement à sa folie. Je l'avais trouvé tout de suite et en dépit de ses précautions irrémédiablement vieux. Une bedaine, une dent d'or, un point rose sur le nez, m'ont fait hésiter, l'âge jamais. « *Allons allons,* dit cette voix qui parle sans que je lui demande rien, *n'en remets pas. Tu es incapable de prendre personne à personne et de te lancer dans les drames de la vie. Aucun mérite. Et puis tu te vois retirant à Cristina le mari que ton père n'avait pas été ? Eût-il été Zeus en personne que tu n'y aurais pas succombé.* » Bon. Voilà comment on m'empêche d'être méchante.

Il paraît qu'à la veille d'un événement longuement désiré on peut être saisi de panique. Edmond avait montré envers Cristina une obstination admirable. Il l'avait choisie quand elle aimait encore Indio, il l'avait aimée alors qu'elle se consolait avec un petit consul, avant même d'être divorcé il lui avait fait un enfant. Il avait accompli des prodiges pour devenir le vrai père de Pedrito puis le seul amant de Cristina. Il avait fini par emporter ce oui du mariage à Porquerolles, civil quand elle était catholique, futur exil qui lui retirerait son pays, ses amis, sa langue, pour n'être plus que sa femme et vieillir ensemble avec lui parmi les mimosas. Et voilà que parvenu enfin après des années au seuil tant désiré il entrevit, dans un moment d'aberration, la possibilité de ne pas le franchir, de détruire, par le oui rapide qu'il me demanda, son bonheur.

C'est Pedrito dans sa course éperdue à l'aéroport qui me l'a désigné. Ma première impression, à cause des vêtements, fut celle d'un faux loup des bords de mer. En m'approchant je vis son visage ruiné par le vent et le soleil dont il avait abusé. Maquillage insolent et raté qui accentuait ses rides, coupé par de grosses lunettes sans lesquelles il ne voyait rien. Il était maigre, ses vêtements flottaient. Pas un centimètre de cheveux à couper tant ils étaient courts. Impossible à attraper par là non plus. Il se tenait fièrement, content d'être aussi sec, comme réduit au squelette, donc invincible. Son grand sourire habillé de blanc par une jaquette confirmait cette certitude que le temps ne pouvait plus rien contre lui. Il était paré.

Après Pedrito ce fut au tour de Cristina de me le désigner en se jetant dans ce refuge d'os d'écorce et de bois. Il la prit dans ses bras. Le corps luxuriant de Cristina beau comme une grappe de raisin débordait le vieux ceps. Comment sa vie pourrait-elle tenir là-dedans ? Le corps d'Edmond avait déjà la forme de son cercueil. Je voyais la chair étreignant son cercueil. Mais à la façon dont il soulevait de terre Pedrito et embrassait Cristina sur les lèvres je voyais aussi qu'il appartenait à un monde meilleur. Dorotea le ridiculisait à tort avec ses roses. Il répétait les mêmes gestes, les mêmes choses, pour conjurer la destruction. Il devait craindre comme la peste les rendez-vous manqués, les imprévus, les changements d'horaires. J'ai fort bien compris son organisation avant qu'elle ne s'écroule. Do a senti qu'Edmond gagnait ma sympathie. Il l'a embrassée sur les deux joues et après avoir regardé l'heure, vu qu'on était dans les temps, il s'est tourné vers moi. Edmond, Lucie, a dit Cristina. Il s'est incliné sur ma main. Je portais une bague de quatre sous, de celles qu'on trouve dans les cornets à surprise. Est-ce elle qui l'a détenu ? Il s'est redressé lentement, il m'a fixé quelques secondes et toute gaieté a disparu de son visage. Je crois que c'est alors qu'il est tombé amoureux. Vingt-quatre heures. Parce qu'il aimait Cristina et que j'étais la dernière non-Cristina qu'il rencontrerait de sa vie.

Marseille-Hyères. Cristina à la place de l'épouse, Dorotea et moi derrière, Pedrito entre nous. Protégé par les verres et la monture d'écaille son regard occupe le rétroviseur. Au bout de la presqu'île de Giens il remit ses clés à un type en salopette qui lui prodigua du Monsieur Edmond et des assurances sur le séjour de sa voiture au garage. Le bateau qui fait la navette était sur le point de partir. Une organisation de fer.

Pedrito jubilant s'informait de tout. Pourquoi la Tour était Fondue, comment on se déplaçait dans l'île, si on pouvait en faire le tour à pied, à la nage, en vélo. Il courait sur le pont, glissait le long du bastingage et revenait toucher son père pour s'assurer qu'il ne rêvait pas. Moi je conjurais la traversée de la Lagune dans les bras de Léonard. Et Cristina conjurait et Dorotea conjurait en prenant des photos. Chacune essayait de chasser ce qui troublait la félicité d'un moment sur la mer entre ciel et terre. Seul Edmond ne chassait rien.

A l'embarcadère un Dodge rouge nous attendait. Cahotant sur une route pierreuse, soulevant des nuages de poussière, il nous a conduits vers le mas du Langoustier. Les murs ocre croulaient sous les bougainvillées. Tout paraissait familier, grand-paternel. De l'autre côté, sous la pinède, des transatlantiques abandonnés formaient de grands cercles bleus. Quelqu'un balayait les aiguilles de pin sur la terrasse où un très jeune couple, elle toute frisée et encore mouillée, buvait un thé tardif en faisant tourner ses alliances. Dorotea a tiré sur ma natte. Elle voulait qu'on aille se jeter dans la mer.

Sa voix sans paroles, délivrée des nageurs, des barques, des voiliers, chaude, déjà sombre. Les couleurs délivrées de l'accord se répandaient en s'affaiblissant. Un fort abandonné gardait la plage et au bout, les pieds dans l'eau, un homme regardait le fort. Dorotea fila vers le large à l'indienne, moi je nageai le long du rivage. L'homme qui contemplait le fort bougeait les lèvres et gesticulait comme s'il récitait des vers. Indio restait ainsi des minutes entières les pieds dans l'eau. Après il se baignait très vite ou pas du tout. Les choses bougeaient mais à peine dans cette paix imaginaire car la beauté ne vous tient pas longtemps compagnie seule et appelle les souvenirs. Alors je me dirigeai aussi vers le large pour noyer toutes les solitudes.

Nous avons remonté le chemin escortées de cigales. La terrasse, illuminée à un bout, s'était remplie de dîneurs. A l'autre, dans la pénombre, Cristina et Edmond buvaient du champagne en nous attendant. Il s'est levé et m'a tendu une coupe.

Avant de rentrer dans nos chambres respectives afin de nous habiller Dorotea a dit qu'elle trouvait Edmond bizarre mais que je ne pouvais en juger puisque je ne le connaissais pas. J'avais l'impression pourtant de le connaître parce qu'il avait lutté contre Indio. Sa voix nasillarde s'était substituée aux accents chantants, son regard glauque aux yeux noirs pleins d'étoiles. Sa fidélité était venue à bout de l'inconstance. Sa vraie fortune avait vaincu la fausse pauvreté. Et j'aurais pu continuer en lui attribuant les vices et les vertus inverses si je n'avais pressenti qu'aujourd'hui l'ombre ennemie avait réapparu en ma personne et qu'au lieu de lutter contre elle Edmond, touché, se laissait envahir. J'étais porteuse d'Indio sans doute plus que les deux autres. C'est peut-être de lui qu'il s'éprenait ce soir en s'enivrant de champagne.

Un gamelin vint se poser sur le toit de paille qui abritait les dîneurs et se mit à crier. Il criait et il ne bougeait pas. Les enfants puis les serveurs s'attroupèrent autour de lui. Ils lui lancèrent du poisson, du riz. Le gamelin ne semblait pas affamé. Il continuait à crier de façon déchirante. Pedrito d'abord effrayé se montra courageux. Il se hissa sur l'échelle qu'on avait apportée et prit le gamelin dans ses bras. J'ignore ce qu'il lui confia en le portant vers la pinède mais le gamelin s'envola.

Edmond tentait de trouver l'impossible lien entre nos visages. Cela me rappelait l'art perdu des amants qui est de se décrire, quand le visage n'est destiné qu'à l'autre. Je trouvais intéressant ce qu'il disait de Cristina, de Do, j'ai oublié, je n'ai rien noté, mais je supportais mal qu'il parlât du mien. Recevoir une image de soi est plus difficile que renvoyer à l'autre la sienne. Pourtant j'avais désiré la description de la bouche d'un inconnu à la Malagueta. « *Tu parviendras à ton image lorsque tu seras devenue une création pure de ton esprit. En attendant tu devrais te maquiller.* » Je suis persuadée que l'autorité cachée du docteur en la matière n'est autre que Cristina !

Le champagne était revenu offert par Monsieur Richard propriétaire de l'hôtel et futur témoin. La bouche d'Edmond moussait. Elle témoignait sans cesse de ce qu'elle faisait. Certains mots faisaient des bulles. Une feuille de menthe était restée accrochée à ses dents, un brin de persil, un morceau de fraise. Au café la commissure de ses lèvres était noire. Maintenant elle moussait. Je me demandai quelle trace y laissait un baiser. Cristina était montée coucher Pedrito et poursuivre les aventures du roi Uterpendragon, Dorotea partie téléphoner à Constance ou ailleurs. Nous étions seuls. Son visage cessa d'être animé par ce propos libéral et honnête qui était le sien, il se figea autour de la bouche vide, il se vida comme un masque.

— J'ai besoin de vous parler, me dit-il. Faisons quelques pas.

Le lendemain matin tôt je le trouvai attablé dehors en train de prendre son café. A la place de l'ancien figuier qu'on a abattu parce qu'il faisait venir les guêpes. Je ne venais certes pas bourdonner autour de lui, au contraire, le prier instamment de chasser tout ce qu'il m'avait dit dans la pinède comme je chassais son étreinte. Là gît mon ambiguïté. Il fallait barrer son émotion d'un non radical sans se réfugier derrière le nom de Cristina. Puisque je n'aurais pas fait un pas de plus avec lui dans la pinède. Transformer mon je ne vous aime pas en un je ne vous aurais jamais aimé. Mais il avait ôté ses lunettes, il paraissait si las, si éteint. Je n'ai pas osé blesser par trop de clarté ses yeux rudimentaires de taupe. Je hâterais mon départ et ne me trouverais plus seule avec lui.

Nous sommes partis à bicyclette emportant un pique-nique, Dorotea Pedrito et moi, et nous avons exploré une partie de l'île. On cherchait une plage où il n'y aurait pas de méduses car elles étaient arrivées en masse du continent pendant la nuit, flottant un peu partout, mauves et gracieuses comme des petites danseuses de Bali. L'une d'elles me piqua à l'épaule, une impression d'ortie. Do lécha mon épaule, Pedrito, confondant avec le serpent, voulut la mordre pour sucer le venin. Ce fut une belle journée sans mistral. On avait décidé de parler français et quand nous sommes rentrés Pedrito ne confondait plus *aimer* et *vouloir,* il ne dirait plus : je n'aime pas ma mère, je la veux ! Ce qui, au fond, était dommage.

Iñigo avait appelé pendant mon absence et il rappela. J'étais chérie par cette voix autant que je la chérissais. Ne t'étonne pas, me recommanda-t-il, si Cristina reçoit un télégramme de vœux signé Sebastián et moi. Elle sera soulagée qu'il ne soit pas fâché de son mariage. « *Sauf si on lui dit dans quelques jours que j'en suis mort* », plaisante le docteur. Henry est à Paris. Quand rentres-tu ?

Samedi 22, mairie de Porquerolles. Si exiguë que les époux n'auraient pu avoir chacun deux témoins. Le maire, un ami, les fait rire et presque pleurer. Le oui d'Edmond sonne aussi clair que celui de Cristina. Nous nous embrassons et il me dit devant tout le monde de le considérer désormais comme un beau-père. C'était aussi l'anniversaire de ma mère. Je l'ai appelée à Antibes en prétendant me trouver encore en Espagne. Tu n'as pas vu les gens d'autrefois, au moins, s'inquiète-t-elle. Je la rassure. Non. A l'exception de Dorotea qu'elle a fini par admettre. Je lui annonce la mort du docteur, je suis sûre que ça lui fera plaisir. Elle garde le silence après un Dieu ait son âme ! puis dans un murmure de confession finit par avouer : Tu sais... moi... je ne l'aimais pas.

— Plus rien n'est comme avant n'est-ce pas ? C'est comme si on commençait une autre vie, sans famille, sans éducation.

— Pas exactement. De toute façon tout est à recommencer.

— Tu crois encore que nos comptes se règlent à l'extérieur de nous ?

— Ça non !

Et je l'embrasse. C'est dans le Dodge rouge. Dorotea et Pedrito m'accompagnent à l'embarcadère. Elle insiste : alors tu as changé. Je lui suggère de venir à Paris le plus vite possible se faire une idée. Et je pense que l'heure du thé reviendra à Paris.

J'ai repris possession de ma maison, j'ai ouvert grandes les fenêtres, j'ai remis l'eau et l'électricité en marche, j'ai été acheter des fleurs, du café, du whisky. Prise d'une grande fièvre ou d'une grande paix j'ai gardé ceci, jeté cela, et je suis descendue chercher le panama dans la cave pour qu'il reste accroché sur le perroquet dans l'entrée. J'ai appelé le bureau comme si je me trouvais encore en Espagne et mon associé m'a dit qu'il y avait juste un pépin — était pépin tout ce qui n'était pas catastrophe — que je pouvais continuer tranquillement mes vacances jusqu'à la fin du mois : Tu t'amuses bien au moins? J'ai regardé sans l'ouvrir mon courrier mais le mardi une lettre postée de Suisse dont l'écriture m'était inconnue est arrivée. Je l'ai ouverte.

Lugano, le 22 août

Chère Lucie,

J'ai appris par Dorotea que vous étiez cet été en Espagne, à Malaga et puis chez Iñigo Jones et j'ai été fort tentée de vous rejoindre. Je pense que les blessures du passé sont aujourd'hui fermées, en tout cas elles le sont pour moi, et je ne puis plus supporter d'être votre sœur sans vous connaître et aimer alors que j'ai le sentiment de vous connaître et aimer depuis longtemps. Je suis plus libre que vous et peux me rendre à Paris quand vous le souhaitez, le plus tôt possible. Ecrivez-moi à Lugano (suivait l'adresse) et dites-moi quand je peux venir. J'aimerais que vous reteniez une chambre dans un hôtel proche de chez vous — le Scandinavia? — mais vous saurez mieux que moi. Je vous embrasse.

Aurora

« *La fiction commence* », dit le docteur. Le téléphone sonna et c'était Henry.

Au dernier moment je suis allée chez le coiffeur bien décidée à me faire couper les cheveux. Et puis quand j'ai vu les ciseaux j'ai dit non.

A la fontaine Médicis c'est lui qui s'est dirigé vers moi. Je l'imaginais autrement. En marchant j'ai pris conscience de sa petite taille, de ses cheveux d'un roux plus sombre que celui de Constance, qu'il rejetait souvent en arrière. Sa veste était d'une couleur étonnante que je n'aurais pas osé porter. Parlant d'Iñigo ou de Constance il était plus libre que moi. Il posait des questions à leur sujet, jamais au mien, comme si je n'existais qu'à cause d'eux. Aussi bien il se taisait. Le silence me gênait également. Il m'a désigné de l'autre côté du jardin du Luxembourg une fenêtre ouverte sur le balcon de laquelle il y avait des pots de peinture. En attendant que son appartement soit prêt il habitait hôtel de Tournon. Il m'a invitée à dîner, je ne m'y attendais pas. Il fumait des gauloises bleues, il buvait sec. J'ai bu avec lui. La bibliothèque n'est rien, s'est-il emporté, à côté du reste ! Il paraissait consterné de mon ignorance des collections d'Iñigo, de mon ignorance des peintres, des galeries, des mouvements. J'étais un peu dépassée, je n'avais aucun point de repère. Quand il a appris au vol mon métier il m'a conseillé d'en changer. La seule chose agréable qu'il ait trouvé à dire est que j'avais les yeux bleu-gris Touraine. Moi je distinguais mal les siens derrière ses lunettes. De la même couleur que ses cheveux ? Je les évitais. Après il a proposé d'aller dans un bar. Je me sentais étrangère dans mon propre quartier et j'ai préféré aller chez moi.

Ainsi Henry se trouvait dans mon salon. Depuis mon retour je n'avais fait que le traverser. Il m'apparut étranger comme un décor où Henry prenait peu de place. Léonard bougeait les choses, les disposait autour de lui, traînait un fauteuil et s'installait au centre, à égale distance des baffles pour que la musique l'atteigne en plein centre. Il se levait sans cesse pour régler les aigus et les graves, reprendre son verre, sa blague à tabac, ses partitions. Henry ne cherchait pas le centre, il ne déplaçait rien, il n'a pas même fait une fois le tour entier de la pièce. Il longeait le même quart de bibliothèque, s'appuyait là ou, se retournant, consultait la même rangée de livres puis d'un pas se posait sur le bord du canapé sans même entrer dedans. Il était de passage dans cet endroit et arrêté, là sans être là mais pas non plus par hasard. J'étais disposée à jouer un rôle mais il ne m'en distribuait aucun, je devais être pour lui ce salon, même pas, cette partie du salon dans laquelle il m'attirait et dont je ne bougeais pas non plus. Sur mon visage, je le sentais, cet air absent, concentré, qui est à mille lieues de mon état, cet air triste, contrit, j'en étais sûre, quand j'attends quelque chose d'inespéré. Pas un seul de ses mouvements ne m'échappait car, évitant de le regarder de peur qu'il ne fût en train de m'observer, je le percevais de façon marginale grâce à la tache rose rouge de sa veste que la lumière des lampes accentuait jusqu'au rouge. La couleur de cette veste qui m'avait choquée à la lumière du jour, même bougeant très peu, agitait le salon, contrariait son apaisement pastel, vidait le vert d'eau, le bleu, le sable, de leur calme, les faisait paraître exsangues ! Une vie chaude, palpitante, était réfugiée en cette couleur comme dans un leurre qui ne me cherchait pas. La couleur faisait seule son travail sur le dos du peintre. Elle congédiait l'illusion dulce de leche. Qu'avais-je donc songé à calmer d'échantillons en échantillons quand j'avais fabriqué ce salon ? J'avais cherché longtemps l'harmonie qui n'était pas la mienne. La présence effilée de Léonard, comme un cyprès sur une colline, avait autrefois ancré cet espace qui maintenant se dérobait, glissait, tournait devant la nuit aux deux fenêtres. Les rayures de la moquette, sur les murs les nuages dont M. Durand avait poudré la première couche de M. Gonzales, allaient se jeter dans la flaque rouge, impression alcoolique, messianique, d'une nouvelle terre recouvrant l'ancienne. Aya aya. La tache rouge de la veste d'Henry dans un coin de la pièce absorbait tout comme l'éponge. Le docteur était absent ce soir, par contre Indio était là. C'est de lui que vint le réconfort. Je craignais, mais c'était plus vague qu'une crainte, une appréhension, une inquiétude, qu'Henry ne respirât auprès de moi une odeur de femme qui l'aurait fait fuir et qui aurait rendu vain le sacrifice d'Iñigo. Mais la bouche avare d'Henry devint libérale. Il lâcha entre ses lèvres enfin devenues lèvres les premiers mots tendres que j'entendais de lui. Il avait fait un pas de plus et découvert une photo d'Indio avec son cheval. J'avais photographié Constance nue, dit-il. Quand j'ai connu Indio à Londres je l'ai beaucoup aimé et je lui ai donné cette photo. J'ai pensé que cela lui ferait plaisir. Je me demande où elle peut bien être maintenant...

J'eus alors la certitude qu'étant née d'Indio un charme me préservait de sa haine de jeune homme envers les femmes. L'*odor di femmina* ne prendrait pas le relais, n'était pas sœur de l'*odor di morte* que Constance avait respirée sur mon père quand il devenait son amant. Cette certitude me vint bien après minuit.

Devant ce territoire inconnu, un jeune homme, qui envahissait ainsi le mien, je ne trouvais rien à dire. Après la pipe de Léonard, les cigares et la moustache d'Iñigo, les lunettes d'Edmond, maintenant celles d'Henry. Décidément les hommes qui m'approchaient ces derniers temps s'avançaient masqués. A visage découvert il n'y avait qu'Indio et le docteur. Je me levai pour remplir de glace et d'alcool le verre d'Henry et me retrouvai presque allongée sur la moquette, descendue du canapé, disparue la gêne d'imiter la jeunesse en écoutant au sol ce qui vient de très loin. Car j'avais mis un disque que je n'avais plus écouté depuis l'époque où il envahissait ma vie, *Sketches of Spain* de Miles Davis. Henry le remit sans fin. Nous l'écoutions presque allongés sur la moquette. Tout ce voyage pour qu'Henry fût dans mon salon en train d'écouter *Sketches of Spain.*

Quand vers quatre heures du matin je me suis résolue à dire que j'avais sommeil, c'était faux. J'étais plus éveillée que si j'avais dormi un an. Mais je ne voyais pas de fin ou d'autre fin à cette nuit. Henry en dépassant minuit, une heure, deux heures, signifiait quelque chose qu'il m'appartenait d'entendre et s'il voulait le dire il fallait le demander. Je lui demandai donc s'il souhaitait dormir ici. Son absence de non fut le oui. Puis, comme si c'était indifférent, s'il souhaitait dormir seul ou avec moi. Un presque rien sur son visage sépara le seul d'avec moi. A ce moment de sa vie il devait préférer de loin la solitude mais pas cette nuit où il avait mis sa force d'inertie à demeurer près d'une non-sœur, non-homme, non Iñigo Jones, moi, être second à mouvement de femme écoutant avec lui *Sketches of Spain,* imaginant ce qu'il imaginait lui-même mais elle avec cette maudite curiosité qui tient lieu de bonheur tandis que lui sans bonheur, dans un doute bien plus essentiel que le quelconque apaisement que j'espérais lui offrir. Je n'avais jamais vécu rien de semblable, d'aussi dur et différent, car comment n'aurais-je pas au fond de moi désiré renverser ce doute, pénétrer en lui, le changer en passion. Je ne cessais de voir presque vingt ans nous séparer et quelle sorte d'inceste nous réparions cette nuit. Mais la jeunesse plus que notre histoire m'étreignait le cœur.

J'ai éteint les lumières dans le salon, j'ai pris la bouteille d'eau et un verre unique et nous sommes entrés dans ma chambre.

Comment dormir si c'est la seconde nuit blanche de ma vie. Je me glisse doucement hors du lit pour ne pas le réveiller car il dort maintenant et je vais dans la cuisine faire du café. Là le docteur dirait que je suis au centre de ma maison. Mais Indio et le docteur dorment. L'aube est levée. Est-ce achevé, est-ce commencé ? Il dort. Je bois mon café. Aujourd'hui, je vais écrire à Aurora, parler à Iñigo. Mais s'il se réveille comme il s'est endormi pourrai-je encore parler à Iñigo ? J'ai la compagnie de l'aube et la décision du jour ne m'appartient pas.

Malaga, Paris
1981-1983.

DU MÊME AUTEUR

Aux Éditions Gallimard

MINUIT SUR LES JEUX, *roman.*

LE AÏE AÏE DE LA CORNE DE BRUME, *roman.*

L'INSUCCÈS DE LA FÊTE, *roman.*

COURSE D'AMOUR PENDANT LE DEUIL, *roman.*

Chez d'autres éditeurs

LA SÉDUCTION BRÈVE (Cahiers des brisants).

PETITES FORMES EN PROSE ÂPRÈS EDISON, « textes du XXe siècle » (Hachette).

LES DAMES DE FONTAINEBLEAU (Franco Maria Ricci).

En collaboration avec Jacques Roubaud

GRAAL THÉÂTRE (Gallimard)

I. Joseph d'Arimathie

et Merlin l'Enchanteur

II. Gauvain et le Chevalier Vert

Lancelot du Lac

Perceval le Gallois

L'enlèvement de Guenièvre

PARTITION ROUGE, poèmes et chants des Indiens d'Amérique du Nord (Seuil).

[illegible]

PARTITION ROUGE, poèmes et chants des Indiens d'Amérique du Nord.

Impression Bussière à Saint-Amand (Cher),
le 23 mai 1990.
Dépôt légal : mai 1990.
Numéro d'imprimeur : 1098.
ISBN 2-07-038257-5./Imprimé en France.

49207